青 流 仁 船

文 / 肖钢　图 / 田家

如果生活把你变成了诗，那就是修养。

序

肖钢　田家

生活不总是湍急的河流，让人紧张焦虑，它也有很多美的存在，比如在路上，在书本里，在与智者的交流或自我的内省中，我们都会感到美的存在，空的存在，另一个自我的存在。那时我们是自由的、轻松的、愉悦的，如冥冥之中我们的灵魂被赋予了幸福之光，我们的心情会变得豁然开朗，青流伫船，灵魂如此安顿下来、静下来。

艺术就是在寻找灵魂之光，让人心生向往、肃穆。而热爱艺术有时像热爱游戏，需要一点时间、金钱和心情。耐心之下，我们看到了结果，我们像守财奴一样慢慢积攒的文字和图片，渐渐有了它的形状和线索。这本书将两种想法两门艺术结合在了一起，乍看起来好像互不搭界，其实是我们对生活的感悟和对禅意的追求，所谓殊途同归。

艺术是我们的精神花园，我们需要它吐露芬芳，也需要它让我们的灵魂得到喘息。这里有一个澄澈法，我们不仅是生活的参与者，也是生活的旁观者，我们需要冷静地将我们看到的领会到的事物展现出来，于是距离使我们所有的思考、疑虑和不安在这里变成了趣味的表达。时间有情，把我们送到了彼岸。

我们感恩艺术，因为创作是快乐的。那种等待灵感的到来，那种事物带给我们的种种暗示，让我们在飘忽的思绪中坚实地生活。心怀诗性并不会昙花一现，我们沉浸在自由和乐观的事物中，领悟的惬意与静谧不再是一种梦想。人思想的冥念和旅途的见识，使我们不再感到时空的局限。对客观和内心的专注，将生活的意境与趣味，及有意义的瞬间，以它特有的方式留在了纸上，细微的变化便成了可交流的现实。

当作品展现在大家面前，它会有新的意义和看法。那些曾让我们动心的心得、记忆、感觉、经验与特殊性，随着人们的品味和体会，便有了它自己的生命与归宿。

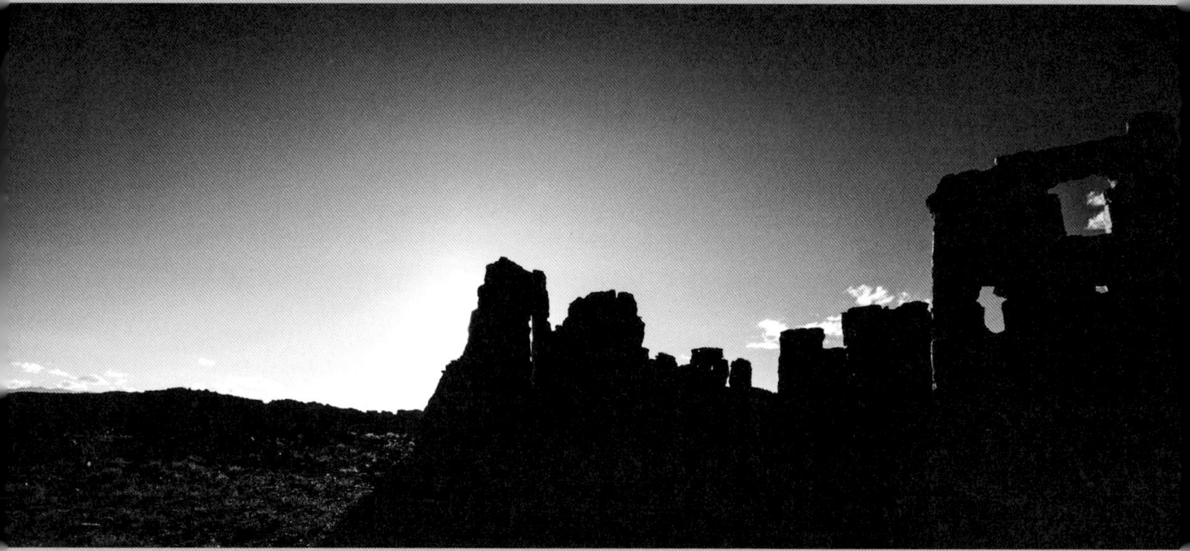

目　　录

思　　　　003

悟　　　　041

缘　　　　091

绪　　　　117

清澄的思想会纯洁我们的灵魂。

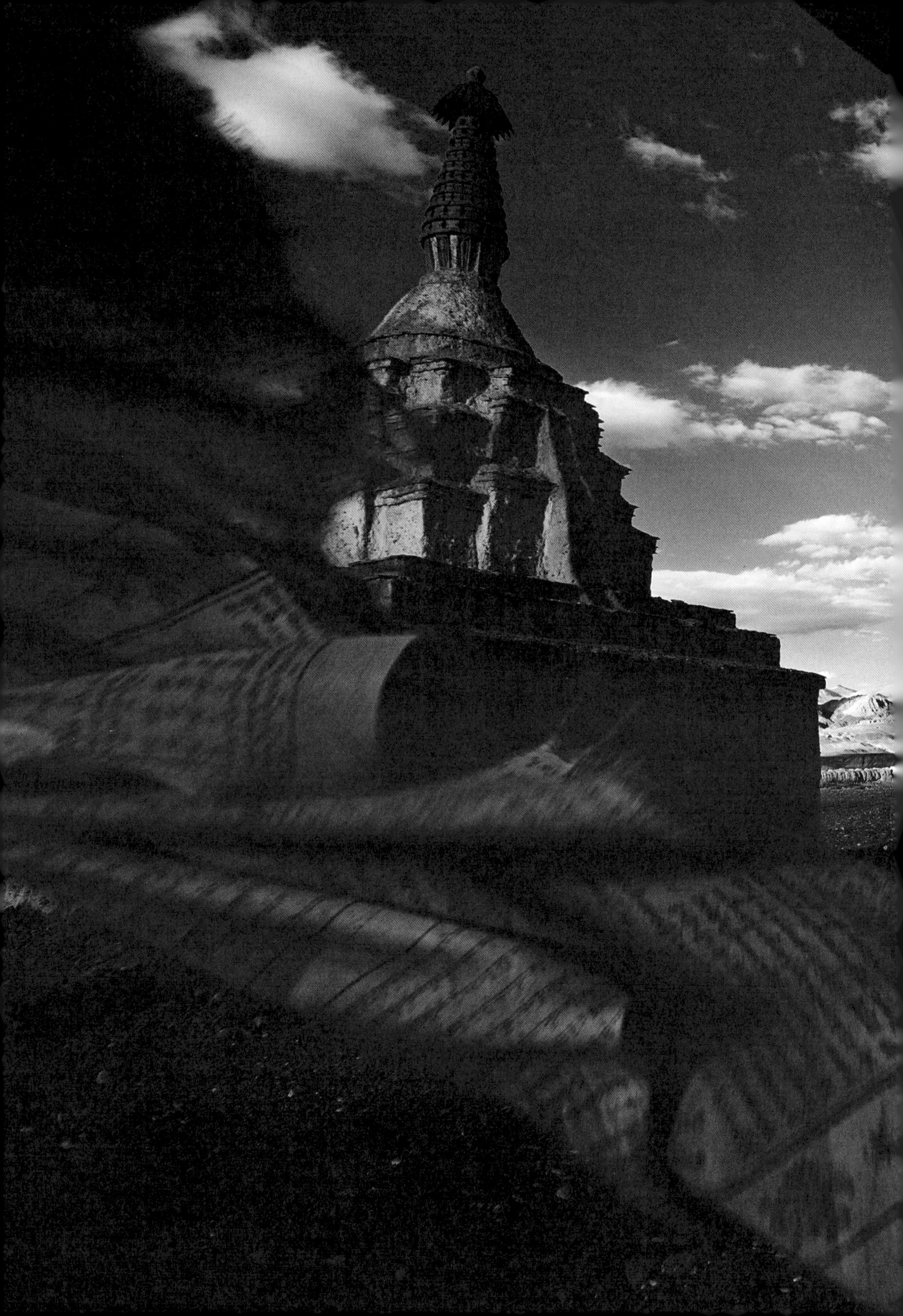

止心

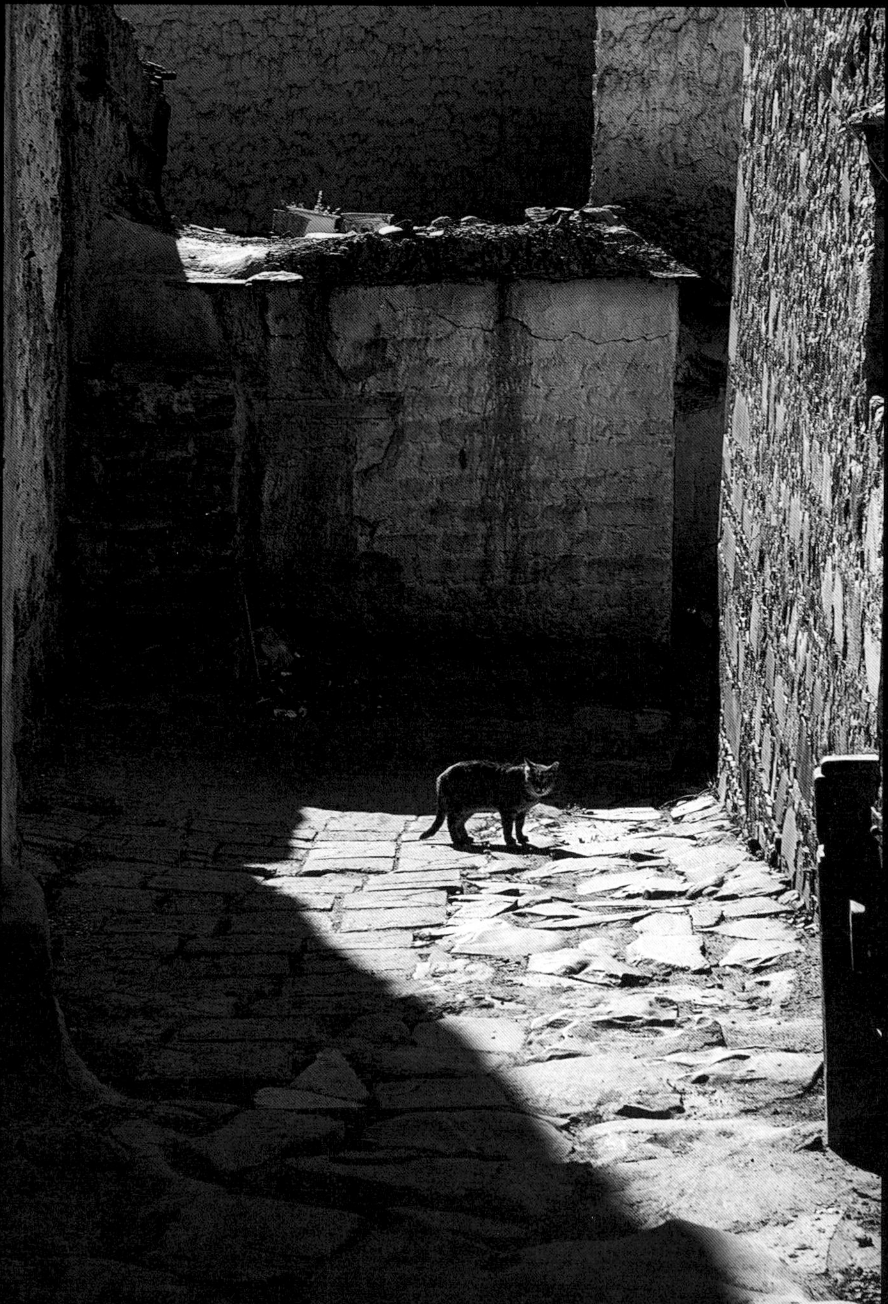

01　/

那是一片寂静的土地，时光凝止，唯思想独存。

当心灵安静时，思想便会产生。

圣寂的思想，不为凡尘所垢。

02　/

思考，总是在路上。

怎样让思想快乐不朽，

是我们永恒的话题。

不能因为年长，

就放弃心灵的敏感和好奇。

那种渴望和求知，

会让生活充满了芬芳与活力，

也充满了爱的能力。

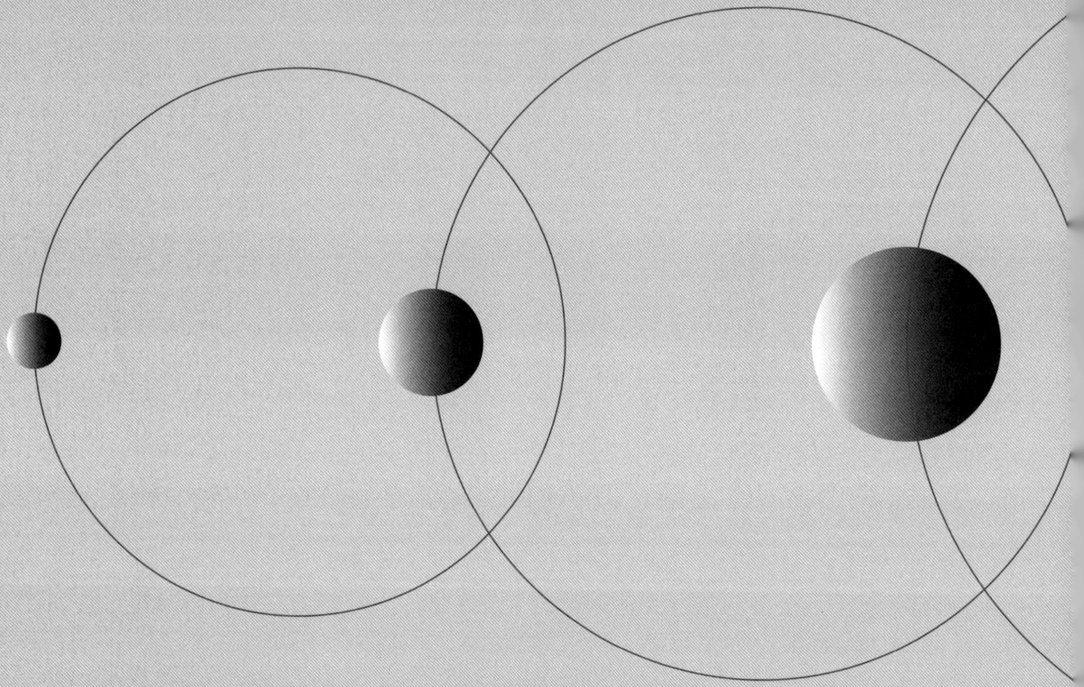

04 / 开阔一个人的眼界就是在改变他的命运，
03 / 这种选择包含了重重的责任。
如何建立人生的境界打开生命的多维空间，
是需要苦读和亲历的。

05 /

人生的目的是什么？

是繁华或是宁静，

这是因人而异的，

也是刻求不来的。

06 /

我们的心灵能找到自由吗？

这是哲学家、艺术家、心理学家、精神导师

经常关注的问题，

你并不难看到我们身边有灵性的人，

他们比常人心灵更活跃和清明，

也更有知觉和创造力。

07 /

行走在人世间的哲人和歌者，

爱给了你们力量与热情，

这世上有足够的题材，

值得你们去阐示与讴歌。

08 /

坚韧，

是压力下的勇敢与帅气。

09 /

自信，

是进步的开始，

也是个性化十足的外套，

让人垂涎。

10 /

少时，

一定是要求自己才华盖世，

语言惊人，行为如彰，

而这些往往如昙花一现。

11 /

人一生中最幸运的事是找到自己，

当你勇于表现自己独一无二时，

你离目标不远了。

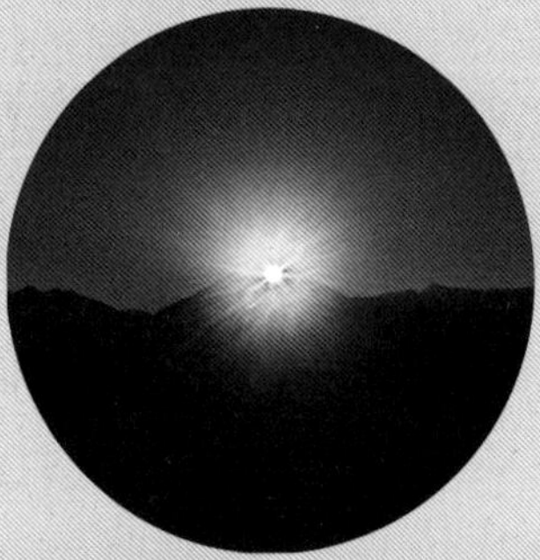

12 /

生活和思想的等级是岁月浸泡出来的，

所以青春不必慌张。

13 /

强悍的思想，

总是和杰出的想象力联系在一起。

14 /

你要是还在做人生的策划，

你就没放弃人生的目的和意义。

当你知道为什么而存在，

你就能接受任何一种挑战。

15 /

人在困苦中方见英雄本色，

酸甜苦辣就是意义，

没有倒下苟且就是成功。

16 /

自由经常是一种想象，

但乃是必需的一种想象。

17 /

我不愿意活在一种身份里，

如果可能，

我宁可虚构和分裂的人生，

越多样，

生命越完整。

年轻时，

常常做着最需要负责的事，

却写着最叛逆的诗。

19 /

我们怎样死，

是悬在头上的一把利剑，

往往在我们生命的尽头毫无悬念地掉下来，

与怜悯和痛苦无关。

20 /

人生平凡而喧嚣,

但我生命中最光彩最有趣的部分在别处。

21 /

重温一段兰波的诗:

我的生命曾是一场盛宴。

在那里,

所有的心灵全部敞开,

所有的美酒纷纷溢出来。

22 /

只有静下心来，才能听到大地的话语。

23 /

一个独特的人，

连他的痛苦都是独特的，

不易被人了解。

24 /

当你成为优秀的人，

你的归宿不再属于小家。

25 /

喜欢看别人疯狂，

其实你心里也深埋着疯狂的种子，

所以大家才会在一起疯狂。

26 /

不凋萎，

不老去，

没有性别之分，

没有时间之限，

前辈们的问题，

在性别不是问题的今天，

仍有存在的价值。

27 /

　　人们如饥似渴地阅读，

　　往往在求证另一个自己。

28 /

　　精致独特的感觉，

　　常常包含着最深切的情意。

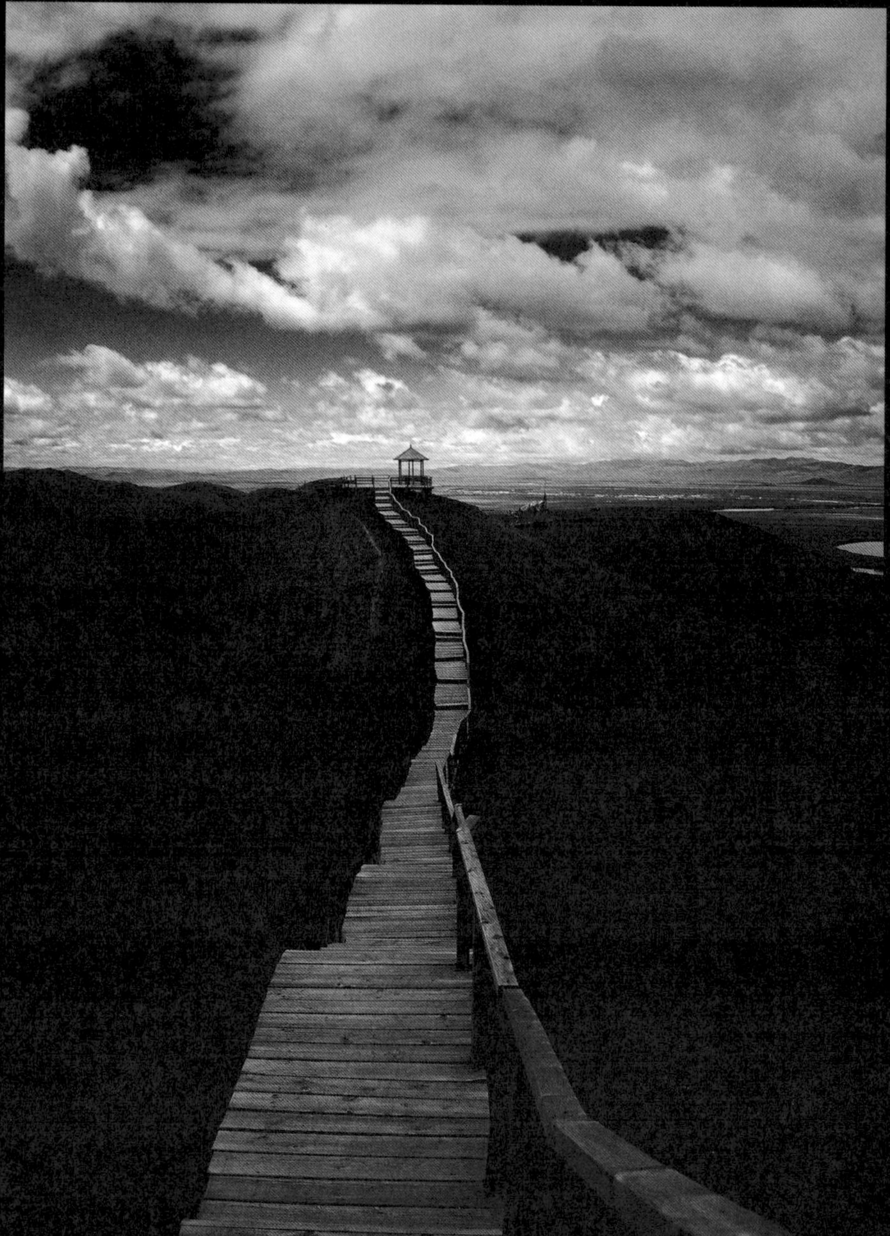

29 /

当你看到陌生的风景，

让它不再隐姓埋名，

这就是力量。

30 /

看遍山川，

其实灵山就在心里。

31 /

人生就像游历名山大川，

处险境而不能却步，

是勇者的姿态。

32 /

在强大的大自然面前,

有时需要一点敬畏之心。

33 /

那些奇特的、罕见的、

深邃的景象,

往往赋予了特殊的意义。

34 /

没有比困难更激发我的斗志了,

我的顽强帮助我进入一个又一个境地。

永远与心有灵犀的人一同闯天下。

35 /

只有内心的闲寂，

才能读懂闲寂的旷野。

36 /

你能把孤寂当成一种美，

你的内心就强大了。

37 /

一个好的书店，

总是香气袭人。

38 /

买一堆书来慢慢看,

这是我享受悠闲生活的最大理由。

39 /

读书肯定比穷游干净好玩,

而且一样兴味盎然。

40 /

暧昧如玄学,

有深不可测的诗意。

41 /

敏感容易成就你的事业,

也容易毁掉你的心情。

浪漫和持之以恒,

往往是一个人的丰富与才华所致。

42 /

时尚和潮流是个什么东西，

泥沙俱下，

我宁愿做河里的石头。

43 /

沉下去的，

终将会成为大海中的传奇。

44 /

什么是雅士？

胸襟如大海，

意志如箭镞，

纯洁如襁褓里的婴儿。

45 / 什么是艺术的本质？是一种压倒一切的任性！北野武的这种观点与一心想讨好观众的艺术家肯定不同了，所以说这里有个谁活得更真实更谦虚的问题，还有天赋的指向问题。北野武是个很实的人，他的文我很喜欢，他的艺术却不够狡猾，我一直认为艺术应该心眼多的人做出来才好看。

46 / 第一次看安迪·沃霍尔作品《吻》，是二十世纪九十年代初，我认为他拍了个烂片，很业余，为此很不理解他的商业奇迹。他认为生活和艺术没有高低贵贱，我看了他不少的书，我至今还是认为生活和艺术是有高低贵贱的。但我喜欢他的生活态度，坦诚，不假。草间弥生是我一看她的作品就喜欢她，又买一堆书来看，简单，但很沉痛。她远没有安迪·沃霍尔狡猾，所以她要生病。幸好艺术可以承载所有的异人，而更多的异人却会为艺术买单，所以得益的人内心就平衡了。

47 / 张晓刚笔下的朋友，全都变得丑乖丑乖的，尽显张晓刚的刻薄与幽默，一般人是承受不了的。幸好他笔下的人也很"泼皮"，不以为耻，反以为荣，于是这些画被保存下来，显得很珍贵。

48 / 莱昂纳德·科恩走了，那个优雅的悲观主义者，写不出诗来会躲在庙里。我却躲在世俗生活里，渴望写出雅诗。

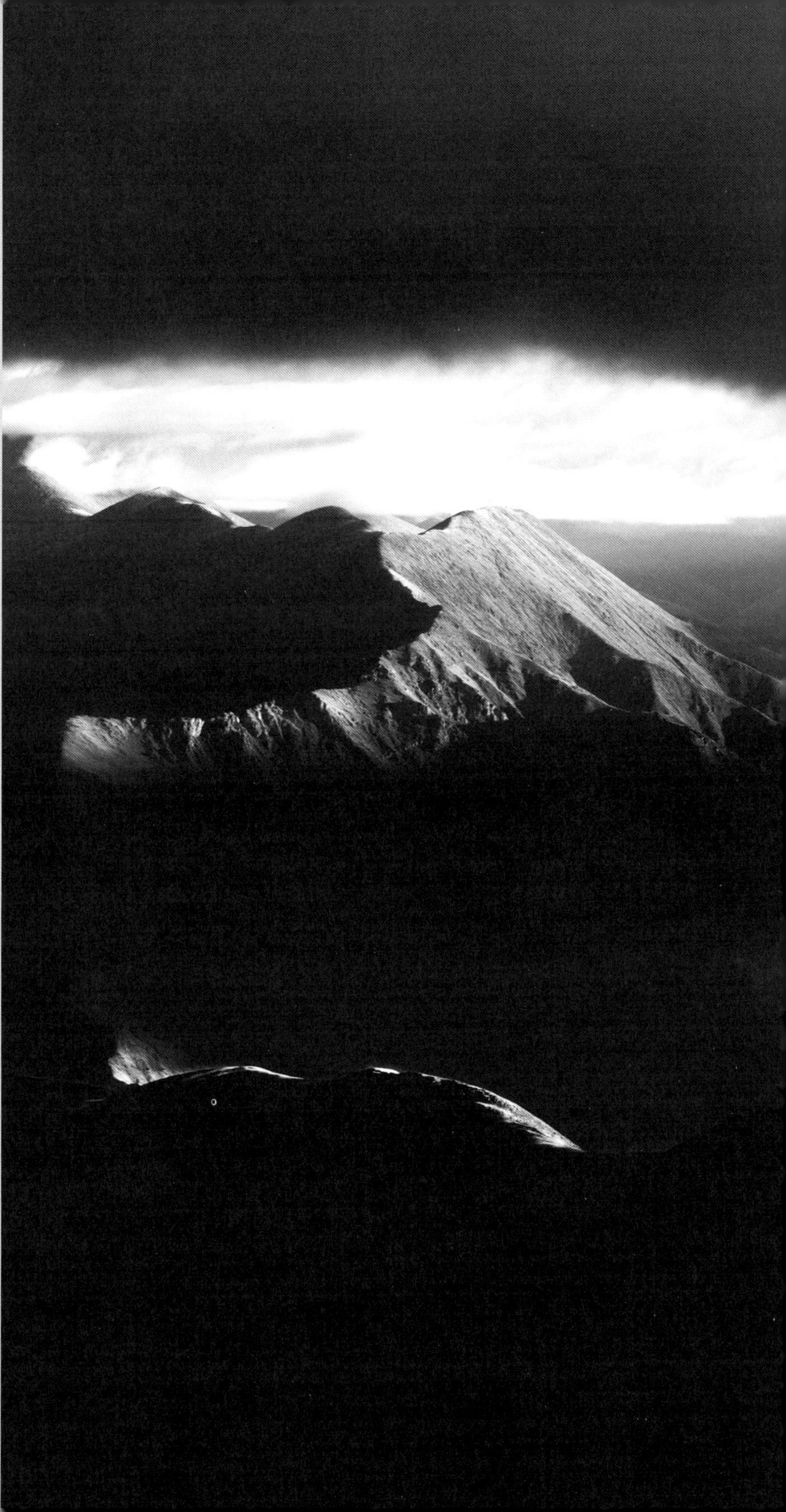

49 /

天才们都死得早，

剩下的都是打算把生活牢底坐穿的人。

让我们过好天才们过不好的日子吧，

让文化艺术代代相传。

50 /

美让人痴迷，让人分享，

评论家就是那种经常提醒别人欣赏美和分享美的智者与傻瓜。

51 /

天才型的艺术家容易让人心智混乱，

为此我常想起一句话："贝壳里听到海的哭泣。"

52 /

应该对所有的权威质疑，

不要让那些东西闹心，

荣誉的排他性影响大家做优秀人的心情。

53　/

一般的艺术史是锦上添花，另类的却是落井下石，而今八卦书不是多了而是少了。我常常觉得扮鬼脸的人往往比正常的人聪明和用心良苦，这样的人更懂得人情世故。

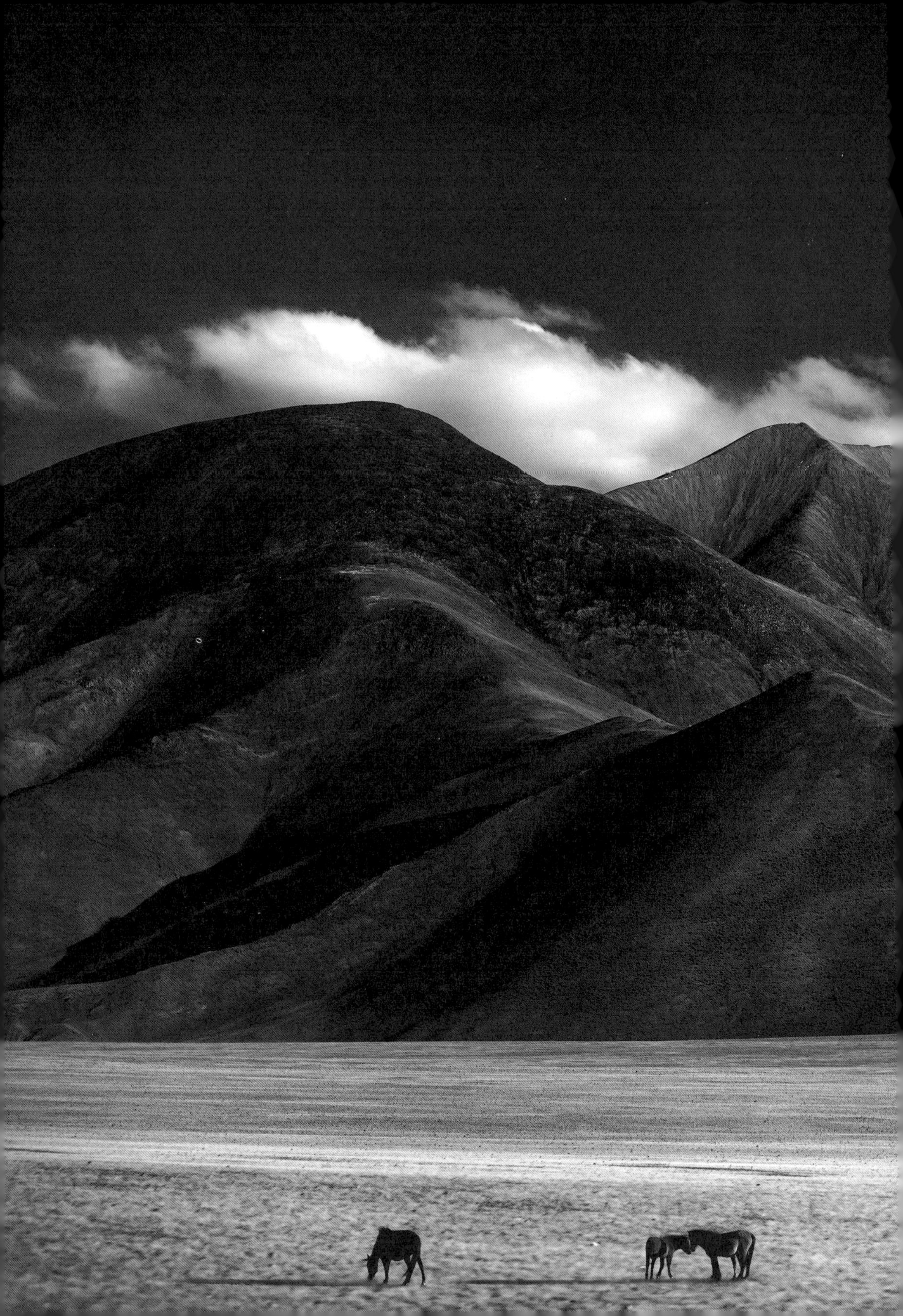

一个艺术家首先是要独立于世，

然后才是考查他的才情。

55 /

艺术化了的人生,

往往是理想的人生,

好的人生就是——奢华版电影,

隐喻连连。

56 /

好作家是千面的,

渗入你的灵魂是不同层面的。

我坚信每个好作家,

都有一个独特的阅读经历。

尽管好作家像宇宙飞船,

但他腾空而起的时候,

是借助了前辈顶级的力量与想象。

57 /

你不能活出一本书,

活出一个注解也行啊。

58 /

能让你怦然心动的书,

不一定能让别人也怦然心动,

但它的独特性,

就是你为人处世的基调和标准。

59 /

重要的是深入把握事物的本质,

而不是轻率地写作。

60 /

那个男批评家在他的文章里

把我女旁的"她"写成了男旁的"他",

啥意思?

总不至于我的才华没有伍尔芙、斯泰因大,

就把我性别改了吧,

我还是愿意当女人。

61 /

在现实生活之外,

还存在着一个诗意的世界,

有追求的人,

是对诗意世界的想象和寻找。

62 /

达到目的,远远没有苦苦的追求浪漫。

63 /

所有的思绪像路边的风景一闪而过,

有悟性的人却能够在转眼即逝中发现永恒。

人渴望与宇宙融为一体,那需要借助领悟之船。

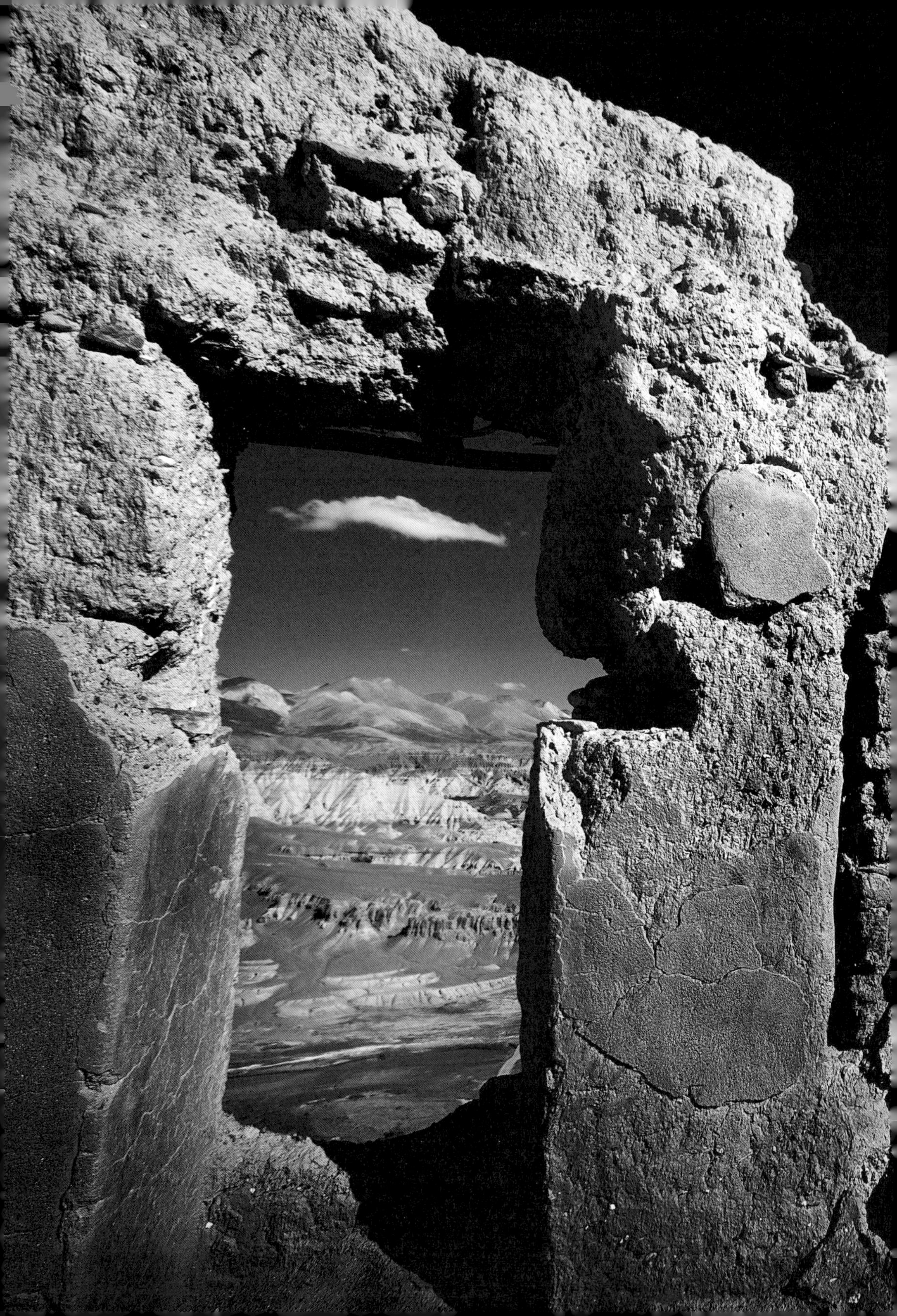

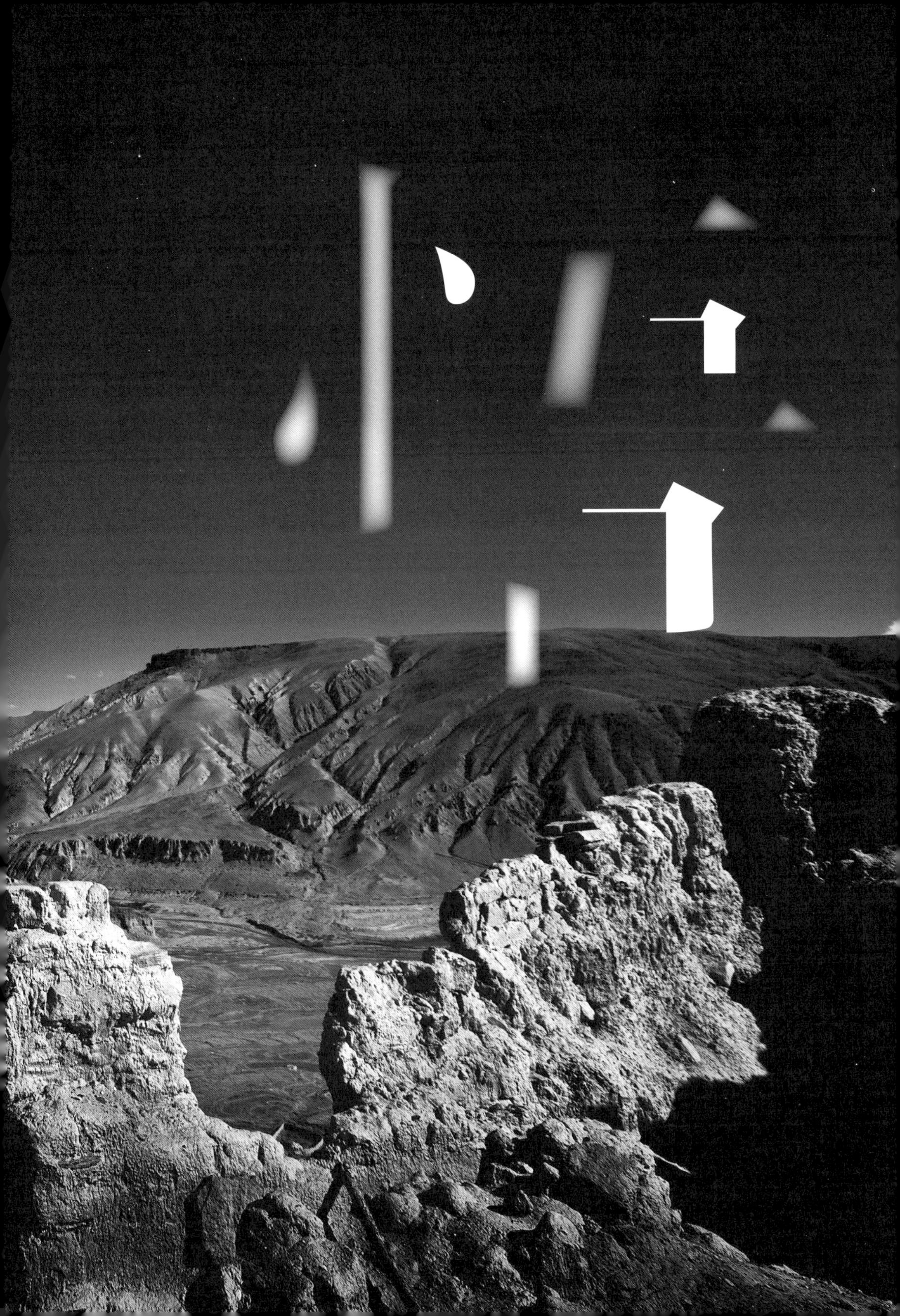

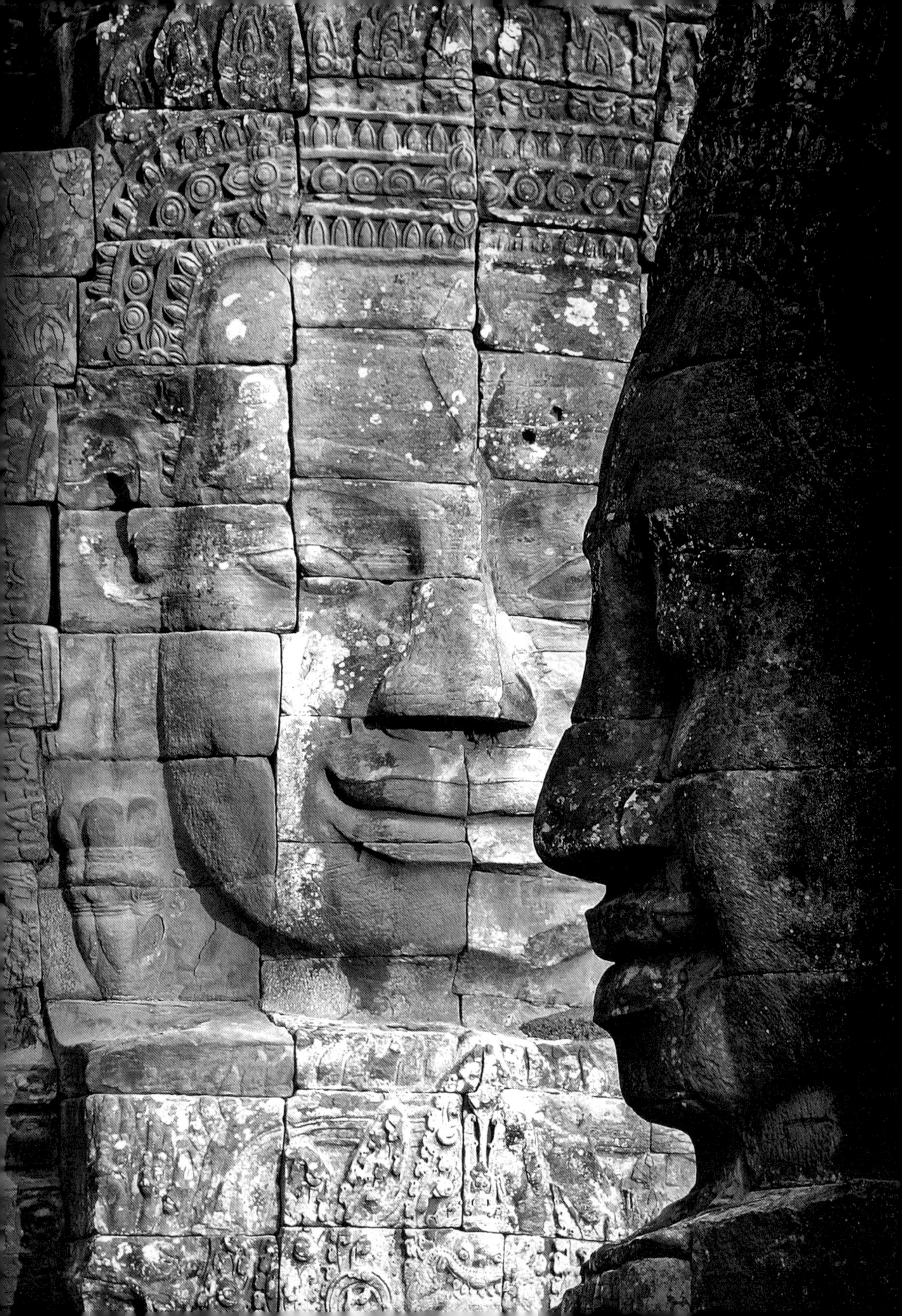

01 /

如果你能在沧桑中

看到惊人的美丽，

那你也是有阅历的人了。

02 /

在荒寂中，

不会见到脆弱的人，

同样，

在有德行的人中，

不会见到虚浮的人。

03 /

在扣心自问中打捞人生，

我深信有感悟的人是靠内省找到自我的。

04 /

人之所以能够淡泊，

忘记烦恼，

是因他有杰出的基因和文化的继承能力。

05 /

艺术不仅能使生活变得精美、纯洁、灿烂，

也能使人的性格变得成熟、豁达、沉稳。

06 /

追逐梦想的人，

是想建立个人的神话，

进一步使神话变成社会化的梦想，

而这梦想包含了人生命中的所有的光荣和神秘的密码。

07 /

人一生所追逐的，

不过是延续少年时的梦想。

一个人在一生中，

最大的财富，

便是回忆。

08 /

你随时要保持静默与孤独，

才能使自己有个纯清的世界。

如果你想了解生活，

就带着学习的态度去读懂它。

就像你要了解一首歌曲，

就得了解它的动机、

它的旋律、

它的歌词、

它的节奏、

它的效果和意义。

09 /

如果灵魂不呼吸一下神性的东西，

那么现实就存不下美好。

10 /

孩童多么美好，

正处于优势，

不必互相争胜。

11 /

我们共同的谦卑，

使我们心灵相联，

我们从激励者那儿，

得到努力力量的源泉。

12 /

隐者通常会与纯朴的人在一起，

就像花儿与泥土结合在一起。

13 /

如果你能静听花开花落的声音，

那便是静好了。

14 /

我的香炉不是供奉权贵的，

而是使空气清幽而已。

15 /

我们都希望有一个理想之地，

那里没有贫穷、眼泪、不公、贪婪，

我们唯能依靠自己什么呢，

努力、坚韧、豁达、宽容。

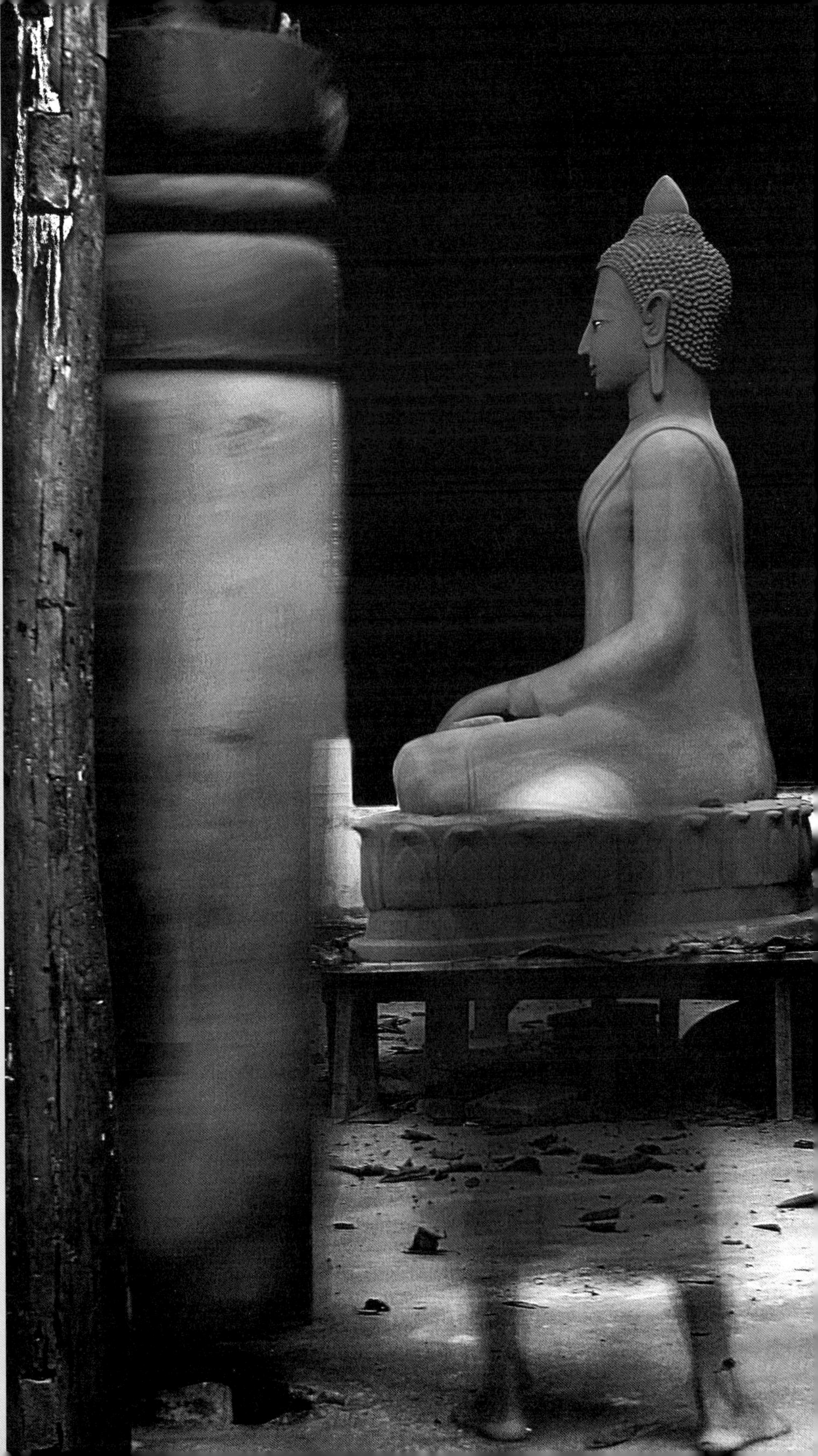

16 /

如果我们经常坐在人生觉悟的高峰与自我对话，

那么你一定能感受到心如水月，花香满衣。

17 /

我爱广阔的原野，

是因为它与生命、劳作、希望、荣誉联系在一起。

18 /

一个人的通透，是需要很多人和事来成就他的。

19 /

有时做生命的旁观者是容易感受到幸福的。

20 /

观察之后的玄想使浪漫有了质的不同。

21 /

没有竞争就没有放弃,

残酷竞争之后的放弃也别有一番滋味。

22 /

自修是帮助你找到内心深处的宝藏，这时你会感到你非常富有。

23 /

性格像冷峻的山，能使酷形永驻。

24 /

世界终将会拆下它的假面，

于是激情、幻想、困惑、迷恋、

内心的挣扎交给了苦行。

25 /

我们正是依靠灵魂微妙的感知，来接近大自然。

26 /

宇宙的浩瀚不仅让人敬畏，也让人燃起征服欲。

27 /

幻想，有些像出门远行，且珍且喜。

28 /

行走，方知世界之宽广。

29 /

肃穆是一种内在的激情，

它从没停止过想象与创造。

30 /

人总是在现实中找到想象中的对应物。

31 /

如果你对这世界缺乏感应能力，

无论你心里经历什么样的狂风暴雨，

也不会有一个朋友来敲门。

32 /

只有悟性才是自己势均力敌的对手，

只有承受力才是未来的出路。

慧根深种之人更是深切地了解自己，

他们知道自己是哪一类人，

自己的局限在哪里。

33 /

柔软的猫能吞下尖锐的鱼刺，

深井能映千年的月，

两者从不同角度说明了一个道理。

34 /

自信是一种累积很久迸发出的力量，

是来自生命中不屈不挠的韧性，

是内心的淡定和坦然。

35 /

有时

孤独是你翩然起飞的力量。

36 /

凝神以静心，

要用学习虔诚的心情，

来遥想整理这个纷扰的世界，

于是那平淡娴静的态度，

会让人终身受益。

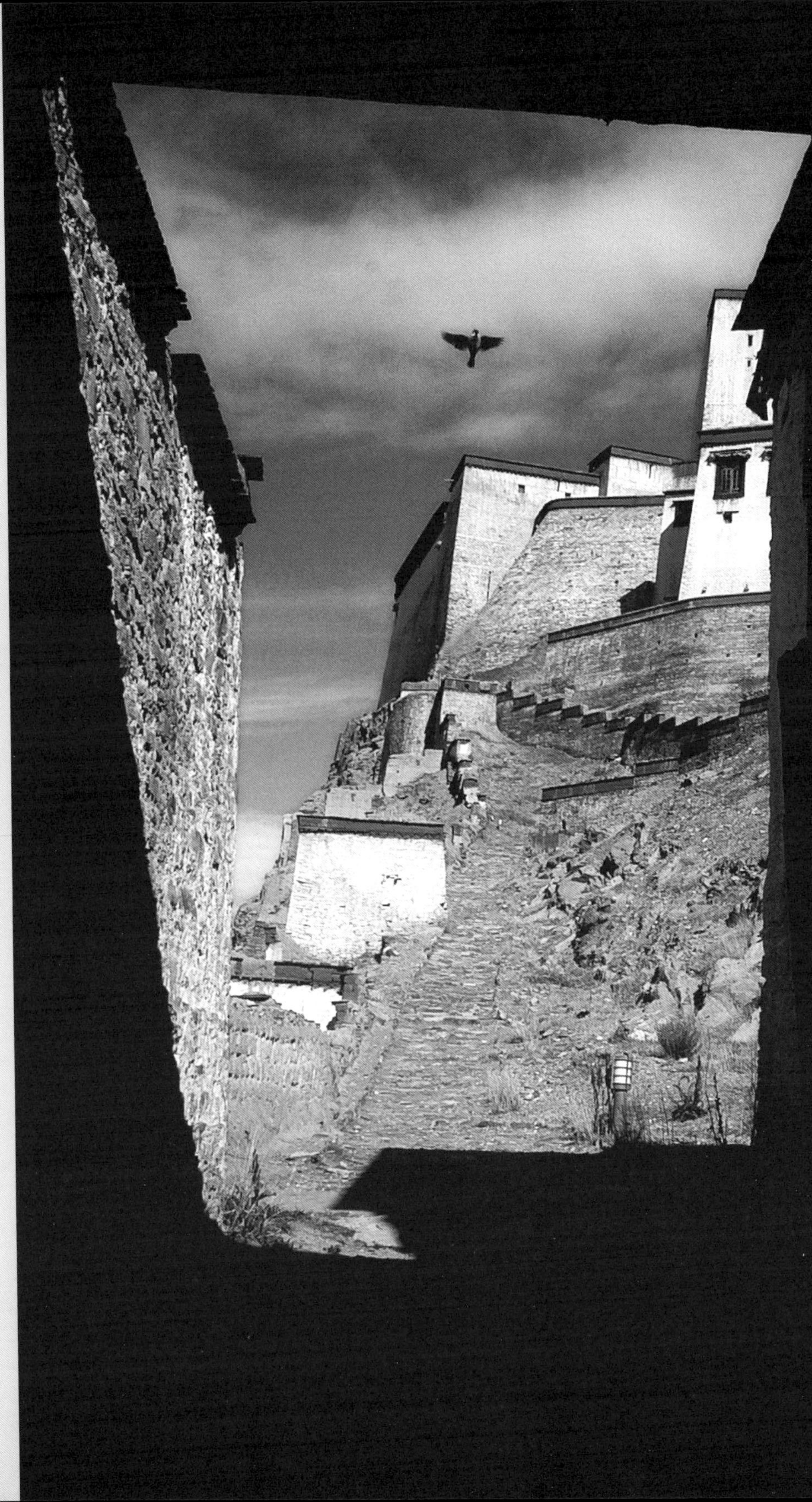

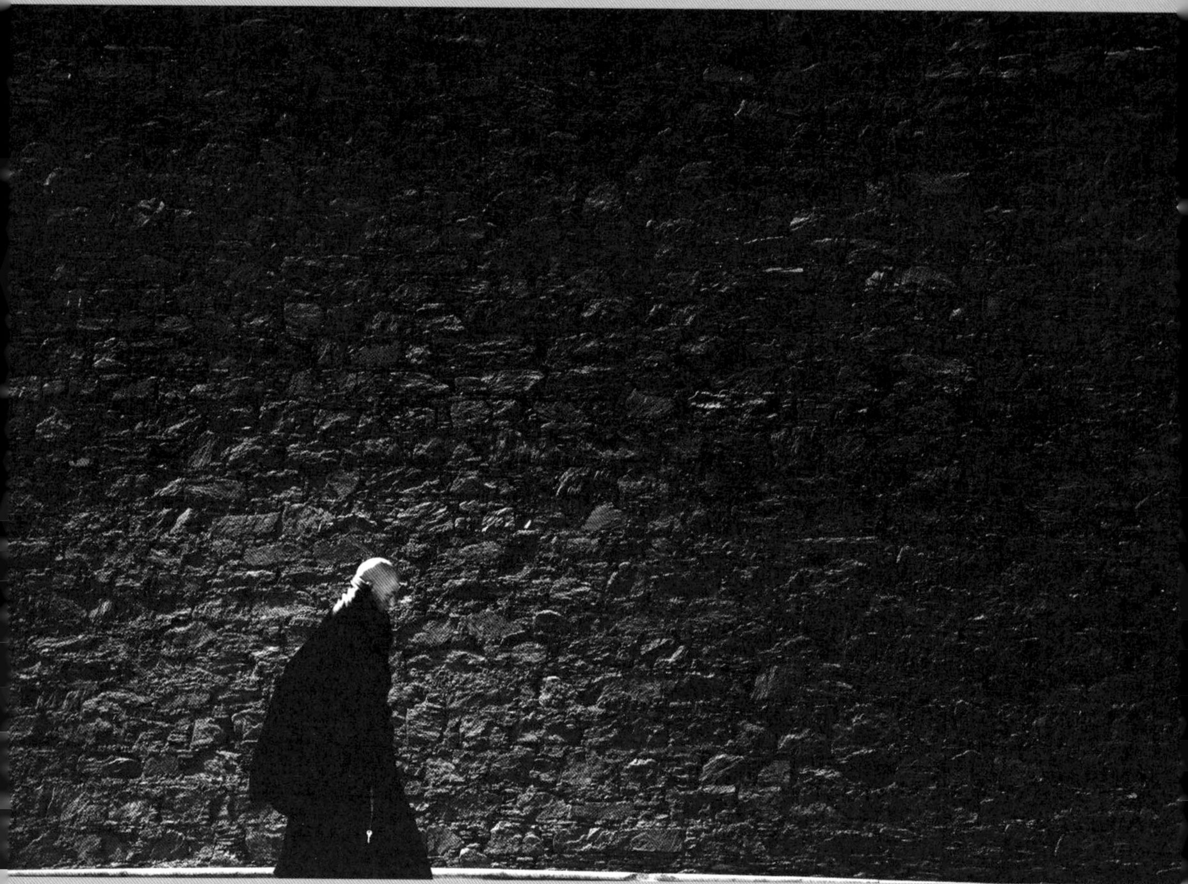

37 /

何以安详，

心中无风雨，

眼前无烦事，

举杯饮紫茶。

38 /

你想通过什么方式寻求身心合一？

是冥想？是朝圣？是隐居？

你知不知道还有一种更简单、更随性的方式？

对了，是喝茶！

喝茶是一门从茶艺到茶道的内观学，

你只需要与你钟爱的茶相处片刻，

就能感觉到你想要的那种平静与欢喜。

39 /

再也没有比灵魂神圣的美更深邃的美了。

像钻石般坚硬，

像露水般纯洁。

40 /

当你觉悟时，

脸上会泛起神光，

烛火会变得暗淡。

41 /

神性总是幽深莫测，

如生命中悄然开放的花朵。

42 /

人的高贵在于无意间流露出他的美德时。

43 /

在冥想的静谧里,

请显示我的正见与光明,

让我摆脱渺小的自己。

44 /

没有比在菩提荫凉中自在了,

所有的灼热与寒冬都在生命之外。

45 /

笃定,

乃内心最和谐的风景。

46 /

我将以悠悠的芬芳,

韵染一念的精诚。

47 /

一个游历于精神生活行动迟缓的人，

往往是在等候一切的机缘。

48 /

等待、冥想、静心，

以一种曲折趣味的方式，

接近自己的目标。

49 /

灵魂也有个不断开发的过程，我们经历越多，

它就越明亮单纯。

50 /

自省的能力就是改善人性的能力。

51 /

心和景是共生的。

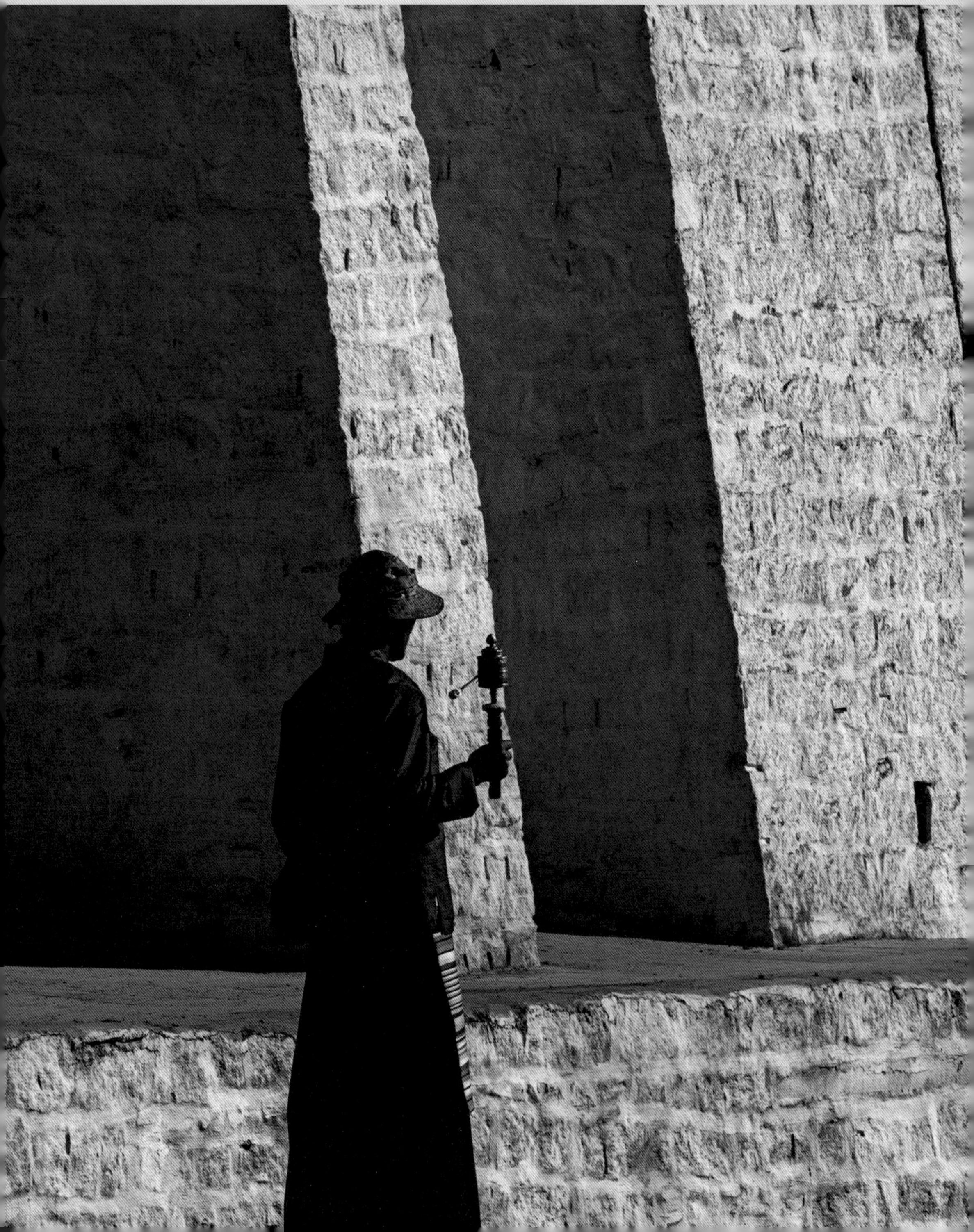

52 /

心无尘垢就会漾起馨香,

气息无比清朗。

53 /

空灵,花开无痕,鸟飞无影。

54 /

  莲是神的手臂，

  从淤泥中升起，

  显示着它的灵性。

55 /

  有多高的心境，

  就有多高的眼界。

56 /

  人可以因美则善，因善则美。

57 /

人无挂碍便进入了宁静的世界。

58 /

　　什么是极简的生活，

　　就是从万念中提取单纯。

59 /

　　静观内心花开，

　　是最美的禅意。

　　深美，

　　是拒绝一切浮躁，

　　活得自在与肯定。

60 /

　　要想体会生命之纯，

　　必须有颗善良的心。

61 /

　　你背负着什么使命，是善是恶，

　　古训会荡涤你心中的灰尘。

62 /

向善是慈悲最有力的表现。

63 /

对于行善，我们经常是想象中的空中楼阁，

它往往比我们实际行为要好。

64 /

如果人害怕信赖自己，那只有唯唯诺诺了。

65 /

如果生活是杂草丛生的旷野,

美德便是绚烂的花朵。

66 /

一切神圣的事物都是质朴的，

纯洁的。

67 /

有多少深思的灵性，

就有多少天真的稚气。

68 /

在你静静成长的地方，

是我往昔的渴望。

69 /

在我内心朴素的一角，

挂着你的形象，

那是最纯净最美的形象。

70 /

当你有了自知之明，

内心便获得了谦逊。

71 /

岁月的更替，
改变了我们，
你却仍然安然。

72 /

对幸福的理解就是不能自恃过高,

会减压的人离禅意越近。

73 /

人们向善的结果

是由一棵小树变成了一片森林。

74 /

喜悦是可以让人向往的,

尤其是你永葆喜悦的能力。

75 /

人生如果不读书不游历,

你就根本无法懂得祈祷的意义。

76 /

向佛并不因为我们完美无瑕，

而是使我们终生谦虚谨慎。

77 /

我怀着一颗等待征服的心，

奇怪的是从来没有人真正征服过它。

78 /

感情的最大浪漫在于落不在实处，

于是就有了引人入胜的悬念。

79 /

人之所以能忍气吞声地生活，

是期待谁也说不清的那种奇迹。

80 /

对于虔敬的眼睛,

你是那样的诱人可喜。

81 /

当你想越过黑色的深渊,

你会看到有雄鹰在飞旋,

你的灵魂就不再感到孤单。

82 /

让我的审美附在你身上,

把大地走遍,

告诉人们这就是我的追求。

83 /

清澈的心灵才能开满鲜花。

84 /

人之所以智慧,
是懂得灵魂的满溢与清空。

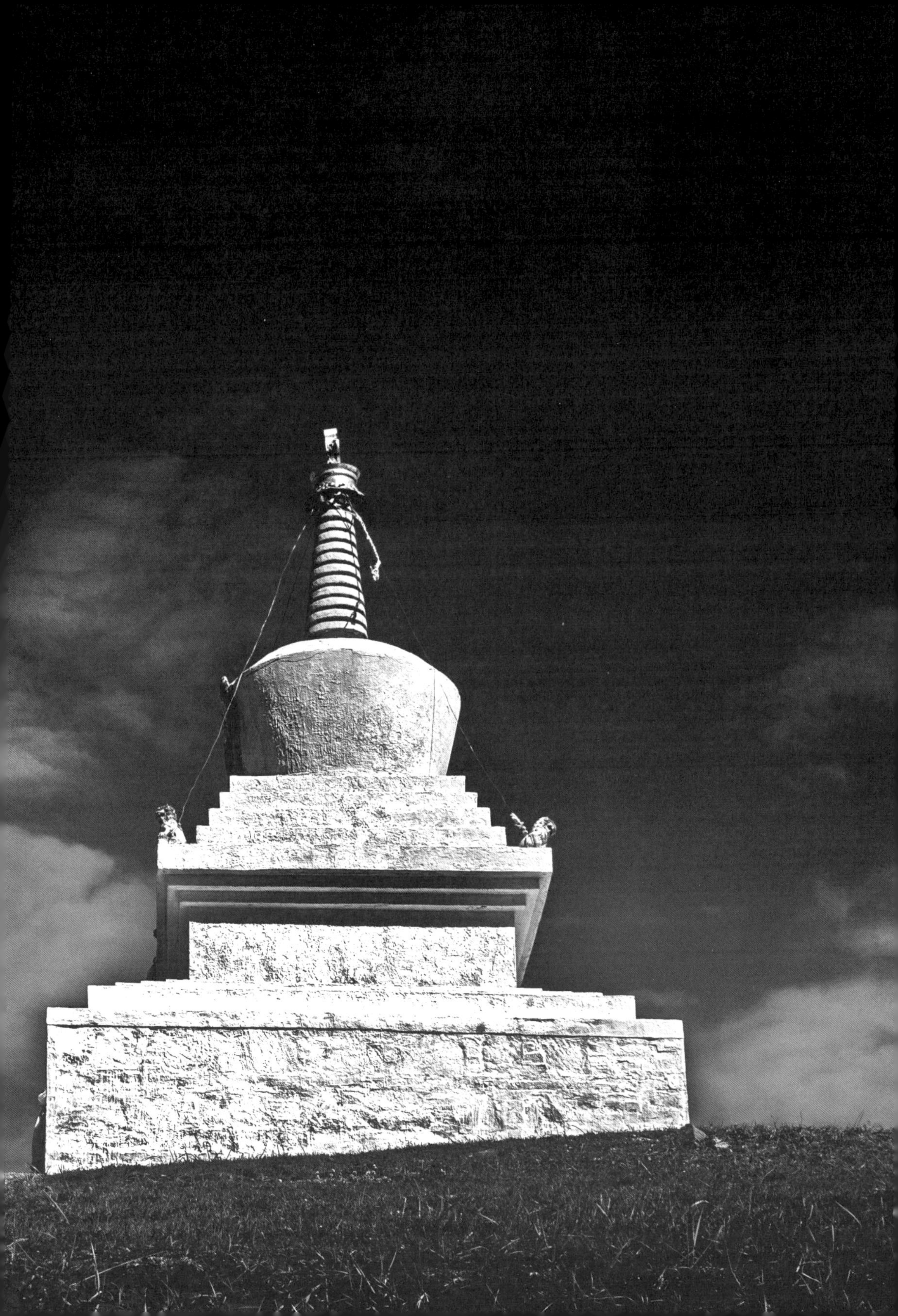

85 /

要有点自爱，

才能与自己和平相处，

而不使心在外流连。

如果心中没有神，生活便陷入永久的黑暗。

86 /

美是制胜的法宝，

也能软化人的心。

87 /

单纯不是年幼，

而是使阅历更加清澄。

让人纠结的不是别人不懂你，

而是你不懂你自己。

88 /

黑暗使人对光源有特殊的敏感。

89 /

人生最有意思的事是怎样将光阴有意思地虚度。

90 /

想象的无限性像鲜花一样,

以神秘的方式绽放。

在智慧中寻找优雅的诗句,

乃是我挚诚的追求。

91 /

泡时间,心情、自由、幻想,

是闲适之人渴求的一切。

92 /

我总是对野心和危险充满了好奇,它滋长了我的征服欲。

93 /

面对无聊的人生,

你只能装酷和硬朗。

94 /

美丽的事物,哪怕它只开放一瞬间,

也能照亮平庸的生活。

95 /

老年人往往欣赏年轻时的自己,

那种倾慕像是对一个外人。

96 /

年龄越长,越喜欢喜气安稳的东西,

默默静观,纯纯表达,

乃是一种难得的自控。

97 /

一个年轻人不必去做老者的事，

而是尽量去享受生命的奢华，

哪怕犯一些小小的错误，

否则你的回忆会少很多趣味。

98 /

深究之心可以引导人不断地探索。

你走得越远，

出现在你面前惊奇的事越多，

吸引你继续向前。

99 /

阅读和旅行，是一场冒险，

到达目的地，又无趣了。

100 /

人生很多时候有如海市蜃楼，

这时你要关闭体悟，

我们必须接受命运的甘苦，

就像我们接受四季的轮回。

101 /

一点点虔诚是对生活的敬意，

一点点敬意是对心灵的安慰，

一点点安慰会点亮对生活的激情。

102 /

虔诚和无害是做人的最高境界。

103 /

自然可以度人，

也可以超越于人。

104 /

圆通则无碍，

有智慧的人早已放弃我执和自我了。

105 /

万物赋予我们灵魂的需求，

是我们幸福的秘诀。

106 /

谁不会控制心中的欲火，

谁就注定被毁灭。

107 /

自由的心无所畏惧,为了达到极高的德行而奋勇向前。

108 /

生命必须经过游历,才更加丰富坦然。

109 /

清远是一种别致的干净,

是内心难得的自控。

110 /

宁静的美,

总是因心灵的空而存在。

你的心态决定你走多远的路,发生的故事并不总是巧遇。

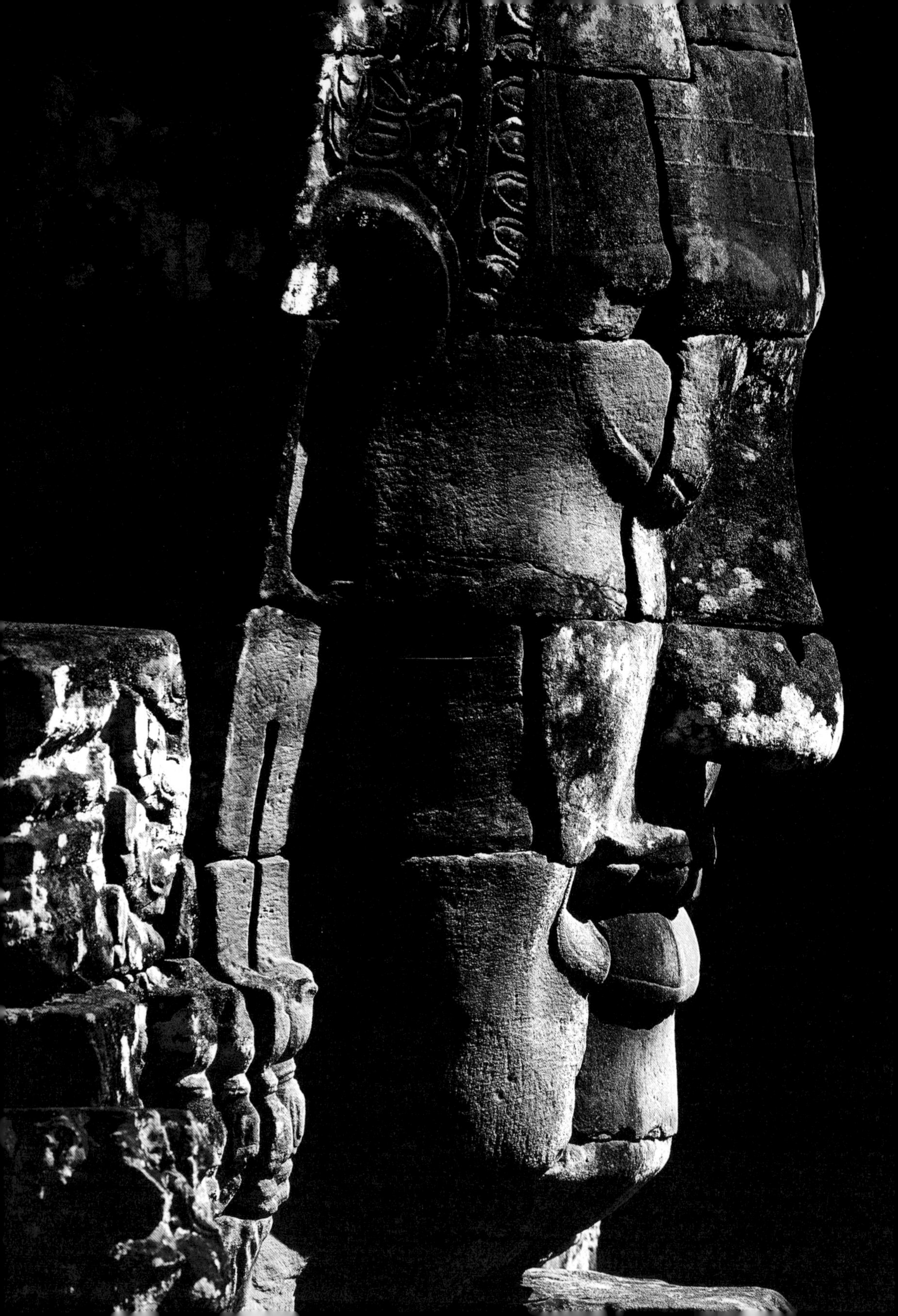

続

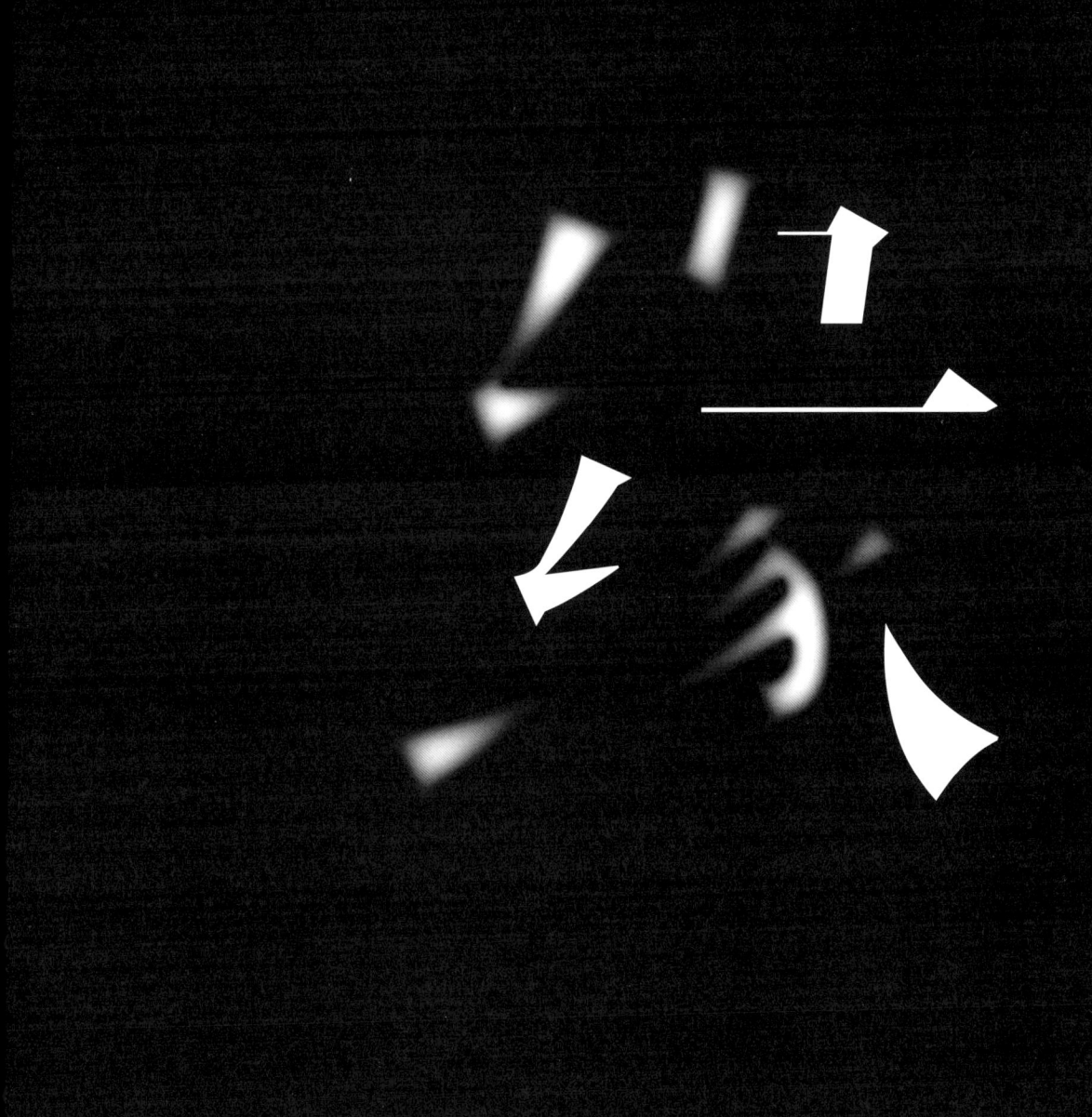

01 /

千万别把你的依赖说成是爱情。

02 /

有一种缘,
遇到后便成了记忆中的永远;
有一种情,
领受后便成了支撑你一生的基石。

03 /

爱是人情感的核心，

爱一个人，

也许有绵长的痛苦，

但只有在爱的时候，

你才会了解爱的复杂与纯洁。

04 /

有人跟你说诗，

爱情就要来了，

可是爱情如雪，

太阳一出就化了。

05 /

爱是一种能量，

如同有人吃得多，

有人吃得少。

06 /

谈恋爱就是很麻烦，

轻了不行，

重了不行，

不轻不重又乏味。

07 /

如果爱没有了排他性，

你还敢爱吗？

08 /

承认自己爱上谁，

是一种勇敢，

如同孩子进入迷宫，

结论在别人手里。

09 /

如果你能坦然说出感情，

那是因为你内心的风暴已经过了。

10 /

如果你是幸福的，

我该做的只是欣赏和沉默。

11 /

当婚姻只剩下责任时，

考查你的耐心和容忍度的时间到了。

12 /

幸福是很私人的话题，

每个人有不同的答案，

不必去羡慕和模仿。

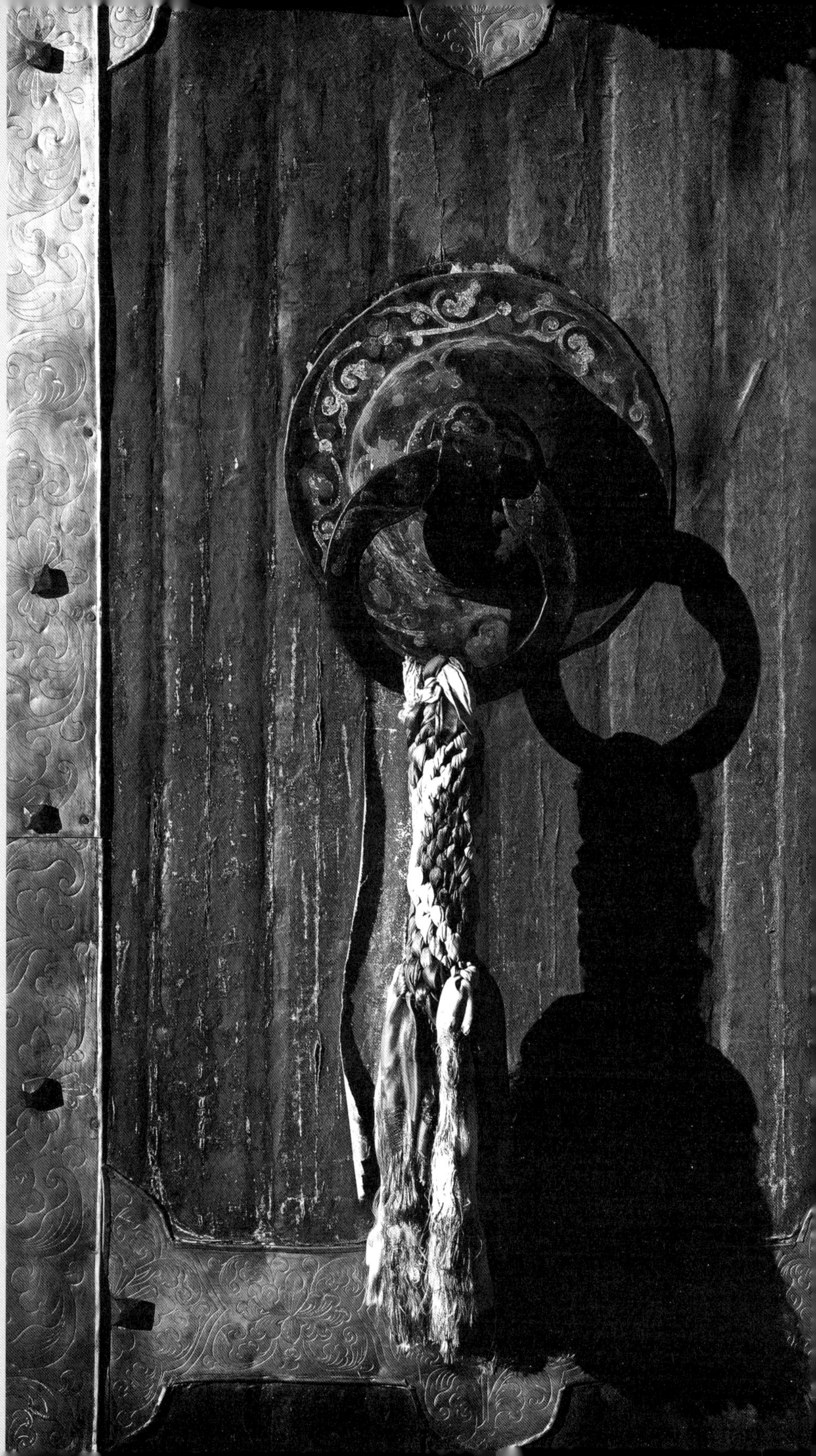

13 /

人生一大俗事，爱情；

一大哀事，糟糕的婚姻；

一大闹心的事，不孝的子孙。

14 /

只要你敢做别人的战利品，

就会遭到所有人的轻视，

所以聪明的人只好孤独了。

15 /

所有的亲情友情爱情，

都敌不过时间考验的真情。

16 /

在我看来，

友谊高于爱情，

它更理智、清心、纯洁，

宛如杯中的薄荷茶。

17 /

超凡脱俗的人

更容易在人群中寻找到友谊，

因为在纯洁的友谊中

有一种平庸之辈无法领略的情趣。

18 /

人这一生中，

总会有些缠绵悱恻又欲罢不能的恋情，

是野心，

也是忠诚。

致那些年我们永远也忘不掉的危情。

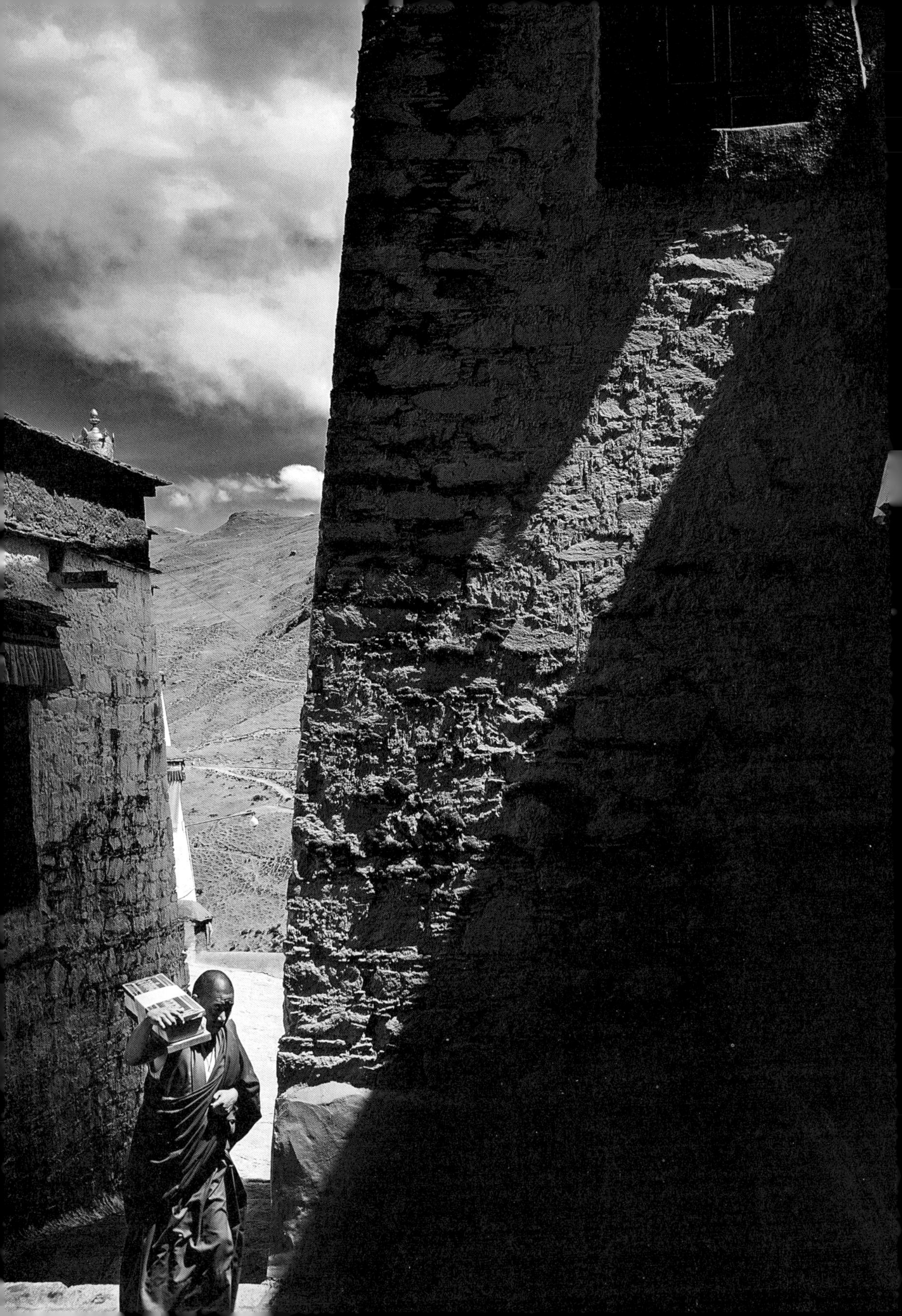

19 /

很多人的感情

就像徐志摩说的走着走着就散了，

感情也淡了。

像他这样你不见了，

我就乱了，

这是诗人的说法，

诗人的在意。

绝大多数人早已木了，厌了。

20 /

    人们愿意交往,

    是为了弥补自身的缺陷而走到了一起。

21 /

    幸福是享受所有的缘,

    但有时我却想尝试一下流浪者的生活,

    没有房子、地址、家庭、固定的住所和办公室。

22 /

    一个人太多情反而会宁静了。

23 /

    友情不经常修枝剪叶，

    便不会出现秀美。

24 /

    朋友如欲望和嫉妒不归零，

    会让你情绪随时在风浪中颠簸。

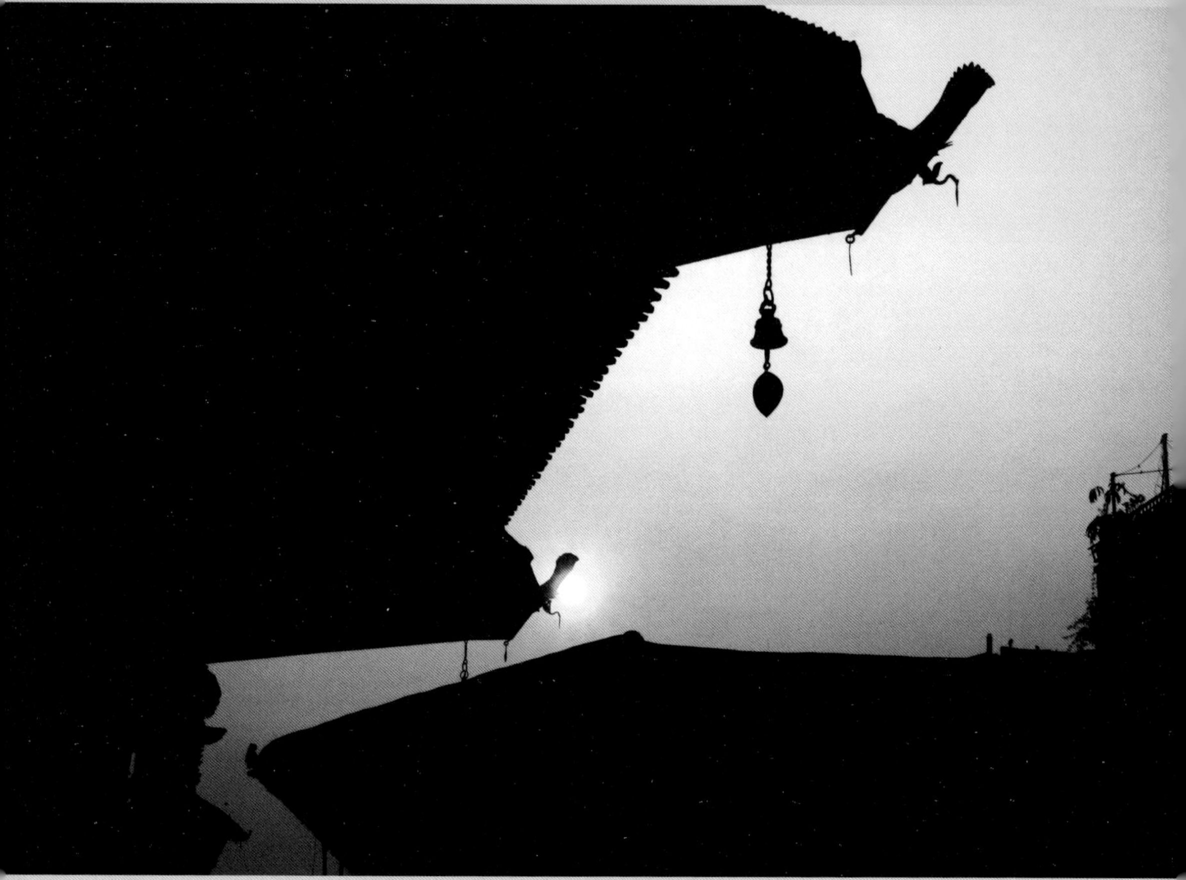

25 /

　　人的寂寞有如没有星星，

　　没有月亮，

　　消失在静静的黑夜里。

　　但在冥冥之中，

　　也许仍在幻想爱情、诗意、自由，

　　乃至于一切与心灵交汇的东西。

26 /

心有灵犀，

使你不再是凉薄世界的过客。

27 /

如何能获得心灵的契友，

这是一种可贵的能力，

只有同等能力和同等优秀的人

才能识别得出来。

28 /

读你，

就是对我的一种诱惑。

29 /

有时，

陪你走一程的并不是你的同类、同族，

但你仍会感到莫大的快乐与幸福。

30　/

一个人看到另一个人的灵魂，

不是遇上了知音，

就是遇上了魔鬼。

31　/

让我像孩子般来到你的面前，

心里充满你的祝福，

伴我穿过孤寂的荒漠。

32 /

有时，

我想当个文人歌手，

唱诗呀唱词呀的那种，

雅得不得了。

我穿一身黑衣，

脸雪白，

紫唇，

冷眼。

我一点凡尘味都没有，

空谷足音，

山野闲花，

嗅的感觉，

极清极瘦的那种，

无情无欲。

33 /

无论岁月怎样飞逝,

我终归走进艺术永恒之门。

34 /

人是要有点自恋精神的,

自恋是一个人唯美的开始,

也是第一个本钱。

35 /

师兄如亲人,

最可爱的师兄在金庸笔下就是一个字:憨,

所以师兄身后总是跟着一个古灵精怪的小师妹。

益友是你的心理医生,

心灵的抚慰者,

见习的恋爱者,

隐私的守护者,

行动的陪伴者。

36 /

哥们在一起会讨论女人，姐们在一起会讨论男人，这就是两性战争的开始。

37 /

同学们在一起聊人生，

大都有劫后余生之感，

我也有，但我没说，

这是我仅存的面子。

38 /

当你左脚痛了，

你就会怀疑右脚也会痛，

进而又会怀疑心脏也会痛，

这就是担心。

39 /

人只有无安全感，才焦虑。

40 /

内省，

是使我们成长与情感纯正的最大理由。

41 /

从温暖的阳光中，

我们心存感激。

42 /

故乡总是以它最美好的形态，

出现在我梦里。

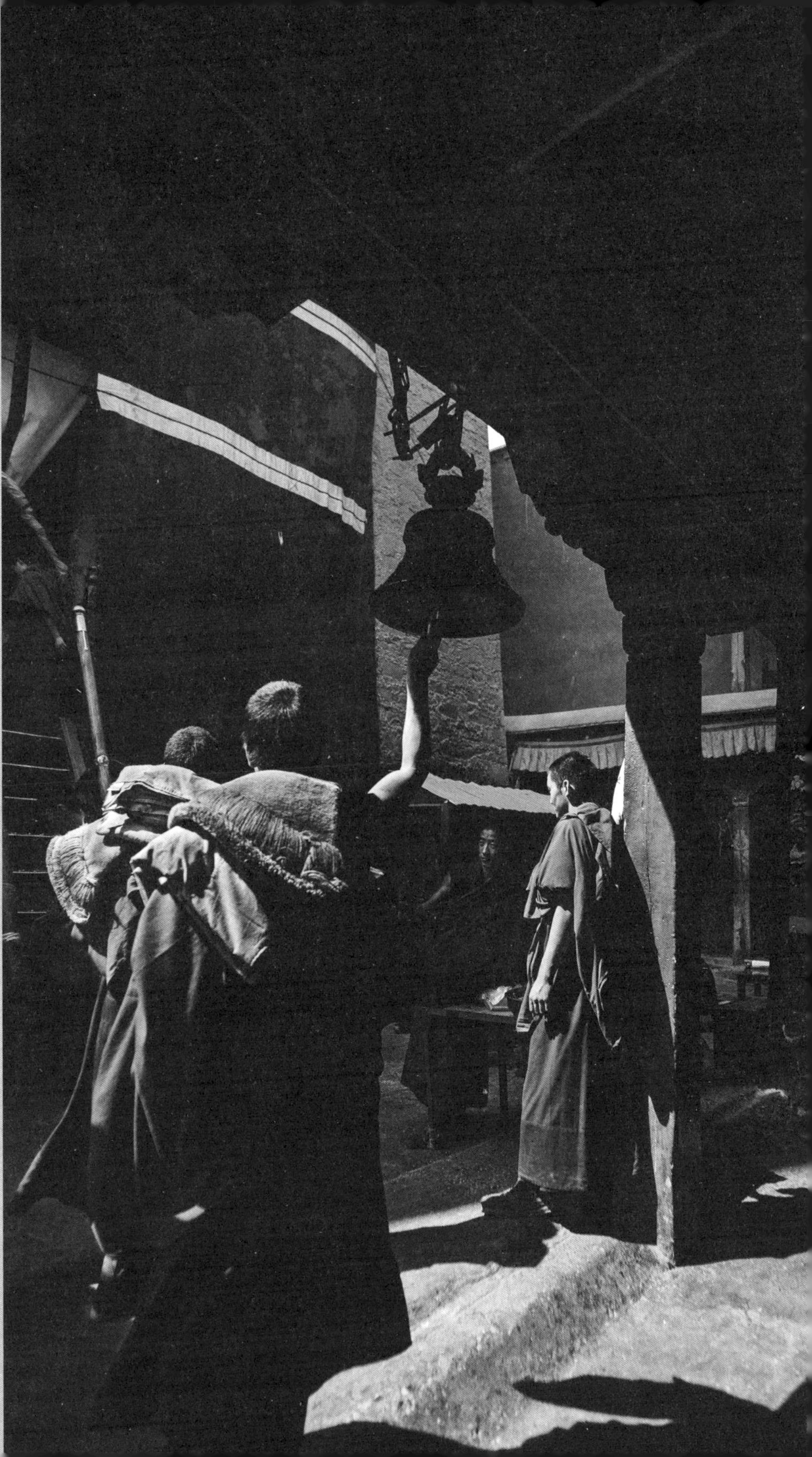

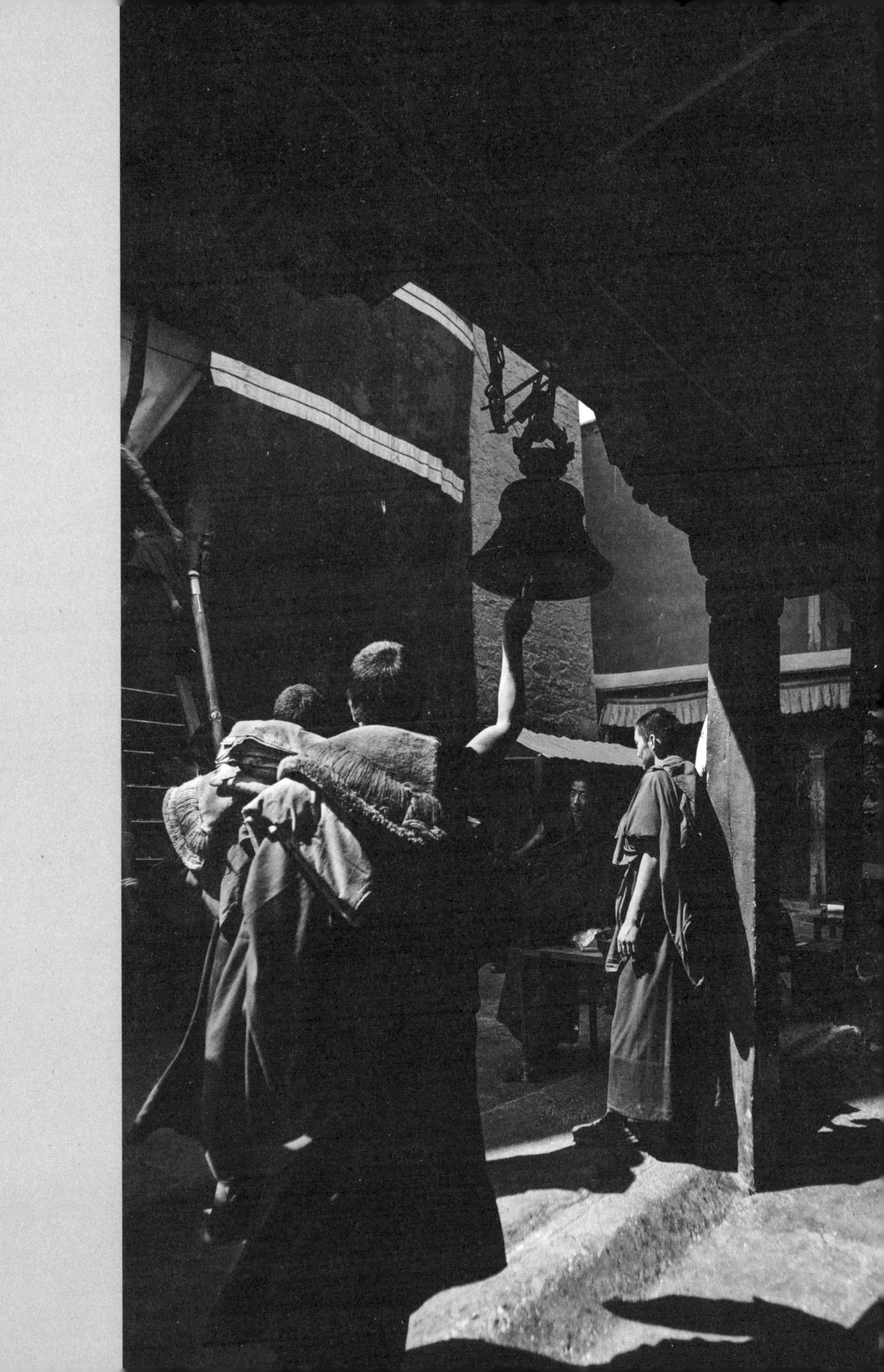

诗是我情感的记录,也是我最隐秘的幸福。

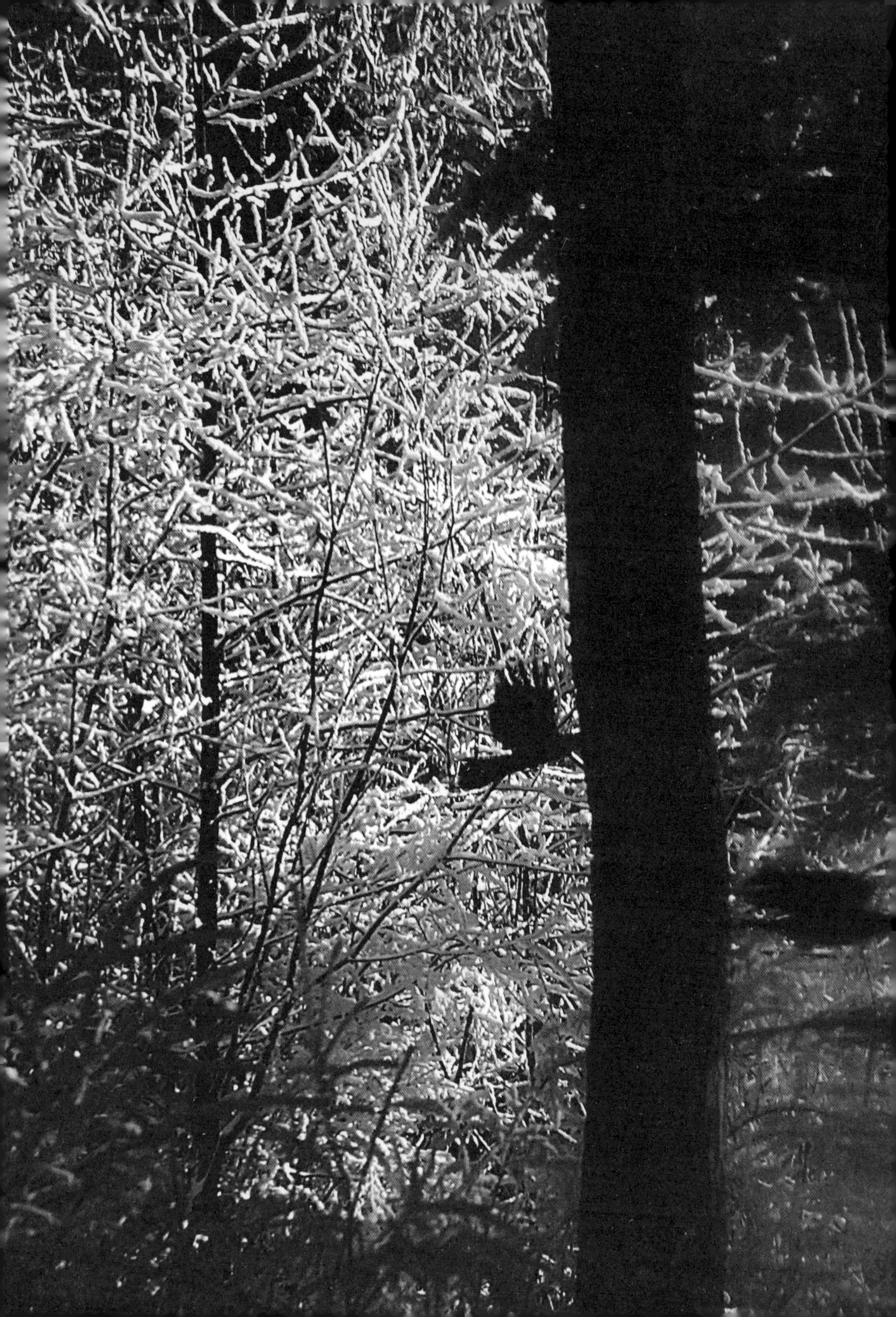

绪

含 羞 草

诗人是人类灵魂之树下最为敏感的含羞草

仿佛为所有的感触而生

它的静美是世上最和谐的画面

最温柔的气息能触动它

最微小的纤尘也能惊扰它

它神秘的经络

掌控着它的微笑与哭泣

只有距离才会使它产生自尊与美感

它悄悄地在青山绿林间

在山谷田野中

在灌木花丛旁

它怡然自得地展开它的手指

展开它的稚嫩与娇贵

展现它的暮色与春光

它对世界深刻的洞见

使你不敢轻易忽略它

一个唯美主义者的自白

唯美是一场精心策划的事故

在心与心之间存在

只有敏感的人才知道它不是一次意外

它是《阿甘正传》片头飘落的一根羽毛

它是《泰坦尼克号》下沉时乐师们的演奏

它是《这个杀手不太冷》小女孩手中的万年青

它是《绝美之城》中圣约翰大教堂台阶上的辉光

它是《菊次郎的夏天》中的荷叶

它是《辛德勒的名单》中穿红衣服的小女孩儿

它是肖邦指尖下的《升C小调夜曲》

它是雪莱笔下的《含羞草》

它是王尔德衣领上的一朵雏菊

它是兰波幻想的沙漠

它是伍尔芙心中的灯塔

它是苏珊·桑塔格笔下的坎普

总之它有很多很多……

但同时,它也是融雪后松针上的一滴水珠

含饴弄孙会心的一笑

镜中守望

你一人，能幻化出千万个影子

时光流转，提取着诗一般的精华

犀利的目光

驾驭着一切美色

回旋的身影

给人以谜一般的幻想

我相信我的容颜

不会像镜中那样衰老

对未来的期望

满庭花香

我与我的灵魂

一起在世上游荡

协调的精神

使我容光焕发

雨中即情

又下雨了

一个哭泣的早晨

我心迷茫

那一片生命的林海啊

小鸟息声

前行的路

如此困难

而我渴望穿过林莽

穿过种种未知

有人同行吗

幽暗中飘过天使们神秘莫测的脸

让我感到距离

我仿佛看到我墓碑上的一行字

阅人无数，心如空杯

朋友们对幸福的理解

其实我的朋友们对幸福早就有自己的理解

但 TA 们不说

因为说深了说浅了都会招人说

于是幸福就成了一颗地雷

人生的最后一张底牌

但有人喜欢说

那些爱灌心灵鸡汤的

那些喜欢在故纸堆标上注解的

那些从来没幸福过却又爱在人群中忽悠的

真正幸福的人

早已被炸飞好几回了

幸福是偷着乐

是一种玄

是你一出口就会变质的东西

了解它的人必须蹑手蹑脚轻拿轻放

否则它一转眼就没了

致宝贝

你是大家的天使

是一个奇迹

也是家族的重托

我们都爱你

从来没有这么心齐过

我们没办法事先告诉你这个世界

有多么美好与丑恶

如果一切不是你理解和想象的那样

希望你要学会容忍和原谅

在城里的一个秋日

仿佛在不经意之间

城市变得如此宏伟和明亮

越来越多的幸福在我面前呈现

阳光照亮了我全身

它想探索我心里的意义

正如它的光辉想探测江河的深浅

而我已经把我的生活自始至终

全部呈现在它的面前

毫无隐藏，毫无保留

蝴蝶在花丛中徘徊

轮船在向城市鸣笛

我在向它歌唱

我喜欢城市的繁华

我看见光的闪烁

像屋顶花园上的一片翅膀

林立的高楼大厦

像水中印象派的油画

人流如潮涌

拍打着人行的两岸

他们的表情是如此的坚定和勇敢

谁会嫌理想太多

它滋润浸透了你的心房

谁会嫌鲜花太多

每朵都洋溢着华光

我在城市的怀抱里如此幸福

因为有友人同住、交流、来往

在晚霞的柔风中

追忆着我们的往昔

把每一天过得像节日一样

这是生活中最高的理想

我和城市有很深的默契

因为它可以让我的心灵在它的上空

优雅地飞翔

凉 意

总有些时候

情感有些怯懦

不是不敢表达

而是怕成了一种伤害

总有些时候

繁华不能承受孤单

让茕茕的心

独自在文字里徘徊

也许,永远没有那一天

美景重现

让我心飞翔

让繁花落入我情怀

我与你最远的距离

不是无法相见

而是见面后

总是会语噎

如果我们的情缘只是电光一刹那

包含着前世的悲欢与凄凉

我愿意独自老去

让岁月风干我的泪痕

静 候

为了你的到来

我刻意开了间书吧

临江

有点小小的傲岸

有点小小的孤僻

我端坐在桌前

持着书香

有一点想念

有一点甜蜜

有一点禅意

有一点慈悲

心是可以这般丰富

这般柔软

我早已明白

人与人之间的缘分

三生三世的轮回

无非是韵味相投

用不着千帆过尽

仍是宁静的海洋

我是一个有始有终的人

一旦有了开始

便会走到尽头

用不着把人生过完

才见幸福

就这样静谧地生存于世

守着你

守着心香

妈妈的眼睛

像天上的星星

闪烁着柔和的光芒

轻轻地，轻轻地

伴你走遍海角天涯

她用一种语言

细心地，细心地

与你交谈，即使你

心灵的长廊蜿蜒曲折

她也能过去

当你在阳光下

她会悄悄地消失

如果你把她忘了

她也不会在意

但她永远在她的位置上

默默地，默默地

守候着你

只要你心里有一丝阴影

她就会得到信息

像星星一样离你

很远,很远

其实她离你

很近,很近

赠 父 亲

父爱是我童年时书柜里一排排小人书

从《岳飞传》到《钢铁是怎样炼成的》到《三毛流浪记》

父爱是我少年练琴时替我抄的工工整整的五线谱

从开塞到克勒采尔到齐普里昂·波隆贝斯库的叙事曲

父爱是我远走他乡时厚厚的信

从重庆到昆明到北京

如今，我和父母安详地待在家里

餐桌上总是放着父亲认为我必读的要闻

当我灰头土脸离开电脑时

父亲总是陪着我散步，打乒乓球，推旋转轮

父爱是父亲藏在手中的抹布

使整个屋子像他的工艺品架上的陶艺熠熠生辉

父爱是那样广阔

它的严慈和睿智

包罗了我三百六十五个日日夜夜

概括了我漫长的一生

同时，它又是那样的朴实

如我简单的诗行

父亲给我真挚、敏感的心

让我在复杂的人生里体会着单纯

我的写作是

源源不断的河流

向两岸的森林与花朵诉说着

永不变质的感情

悠闲，在一切生活之上

悠闲能把生活变成诗

在漫无目的和目的之间玄想

让人心灵飘忽、宁静

洁净的天空和灵山

让人心驰神往

驿动的心便像缓缓流动的河流

接受着生命的种种暗示

铺张而理性

悠闲是一片宁静而丰饶的土地

我耕耘着它

找到了很多的乐趣

并把它押上了韵脚

诗行如甜蜜的桃胶

从果核中渗出来

不让悠闲与富贵共生

不让安逸与凡尘同在

那种与凡尘绝缘的快乐

能照见万物的实性

于是沉稳的心，便有福了

其实淡泊的心

到哪儿都能悠闲

灵魂快乐的影子投在湖水上

形成光明和倒影

小鸟、昆虫、鲜花、树荫、河流

唱出白昼的雅歌

围绕着我的

有一种思想结晶的物质

这是一种空灵的境界

精神上的超群卓绝

飘逸的心灵

与自己交谈

就这样去学会深刻

在孤寂里自成一世界

让生活诗意而神圣

不思所谓有价值的生活

不让灵魂误解自己的性格

路轨已铺好

让人穷尽毕生精力去认识它

游弋的心思便宛如一支笔

能触动一切事物的秘密

一切悠闲皆艺术

世间万事变化无常

唯有优游闲逸可以伴随一生

倾听内心自然的冲动

采撷生命的琼浆

一切行动皆自然

故乡，我永久的情人

故乡像梦，像雪花，像洁白的羽毛

像猫步在光的边缘

故乡的伟岸与铺张

在浓墨重彩之下

在旋律的优美和节奏的诡异之中

触动着我的灵魂

同时，你又是灵动的、傲然的

你的气质显赫于世

也渗透了我的白天与黑夜

理想与未来

故乡是灵魂的香味

你远远而来

轻轻裹挟

韵染了我的幸福

你不是幻觉

却必然是一种幻觉

你的艺术性

让我得意与自豪

你产生的美感

是要有一颗有修养的心灵去评判的

你不需要比较

你的个性已彰显如诗

我的梦寐以求

在你转瞬之间

而惊世结情

我可以这样说吗

我们互为意义

由想靠近我们的人

说来唇齿生辉

所有的情爱

如星光璀璨

江河奔流

我因为有了你

便什么也没有失去

且信心满满

一切美好的事物

在我们心心念念之间

在我们日日夜夜

灵魂感应之间而存在

心有灵犀

因你而更懂我自己

进而让人潜心思变

你的奇迹

只是努力的另一个名词

需要谦虚吗

能照亮时光隧道的名字

越来越多的目光追随着你

而你却在我的骨髓里

生生世世

自 画 像

崇尚浪漫和谜一样的性别，让人沉思

虽然我拥有文学、音乐、美食、教养、家人

也感到寂寞和孤独

但我预测我的画像

注定会被挂在家族的墙上

我一来到这个世上就期待着什么

而我一出生

就注定了要与做伴的命运

一切的渴望都不能成为现实

但我勘察一切，像一个女皇

谁也不能否认我的权力

迷恋精神生活

善于在品味生命中关注灵魂

在人与书之间

养成一种癖好

为生命的美容而读书

为书卷气

为泱泱大气

我跃上骏马

驰骋在书场

踏花归来马蹄香

幸福是灵魂的事

我在书中寻求力量

在生存与生存的途中

没有目的地徜徉

而爱情，爱情如湍急的河流

只在黑暗中进行

婚姻也未必能为爱筑一个好巢

它不是懒人的智慧

本走十步的路

可以一两步解决

它是一种较劲

灵魂经常不在现场

我除了喜奢华、有闲、优雅别无所长

却以有一副卓尔不群的容貌而自得

只在自己身上培育美的观念

满足其情感、感知和思想

幻想自如地拥有时间和金钱

和转瞬即逝的梦幻状态

一种热烈的或梦幻般的心血来潮

完美是一种象征

是精神贵族的优越性

出淤泥而不染

是我的梦想

所有的疯狂中都有一种伟大

所有的极端行为中都有一种力量

这种高傲的态度

在冷漠中也带有挑衅

比如我可以同时爱很多人吗

正如我愿意纯洁得像处子一样

不幸我有一颗敏感的心灵

如果我见异思迁，是因为我拥有一种

可以辨别"下一个事件"的能力

我只对自己的生活负责

做一个自由自在舒适安逸的人

潜行意趣，幽兰盛芳

我的第二故乡昆明

那是天使们都想去的地方

那里充盈着音乐、诗歌、舞蹈

阳光、云朵、飞鸟

水像人的思绪

城里城外四处流淌

那是一座浪漫之城

甜蜜、慵懒、轻度的厌倦

使有野心的年轻人

都想成为艺术家

于是学习、交流、争吵、攻讦

锤炼着每个理想

恋爱是必需的

分手是必需的

眼泪是必需的

否则滇池为什么被心仪的人

幻想成了海

那个叫聂耳的人从这里走过

那个叫蔡锷的人从这里走过

那个海上称霸的郑和也从这里走过

走不出去的也成了山

我的好多朋友也从这里走过

不仅去到好多国家

连别个的旮旮旯旯都去过了

连咳起嗽来都有模有样的

于是他们又回来了

身上贴满了各种标签

为后生们指路

于是舒服了，舒服了

弹琴、喝茶、聊天

闲逛、聚会、发呆

连喝一碗米线的感觉

都和从前的不一样

从文化的生成到文化的考古

从美食到美服

从婚姻法到版权法

从教育到环境保护

从设计到建筑

以至于出门摆个什么样的姿态

都有他们的话语权

现在,那座城还是那座城

从朴实变成了丰富

天使、冒险家、野心家、倒霉蛋、乞丐、骗子共存

我对它撒有娜娜撒有娜娜二十多年了

说是再见却又再见不成

因为我的那些兄弟姐妹

那个叫昆明的地方

把我从艺术的实践者

变成了艺术的研究者

躲在一个叫重庆的大城市里

翻阅各种资料

想着法儿的夸人和骂人

致我的女朋友们

我的女朋友们不是张爱玲笔下的

红玫瑰,也不是白玫瑰

她们自由、聪明、独立、柔韧、敏捷

像漂亮的猫咪

有九条命

不易沉沦和毁灭

在生活的海洋上

她们历经风浪

运气好时,捕到一头鲸

运气差时,只捞起一只虾

但这些都不是问题

问题是她们博弈了、畅快了、流泪了、欢笑了

末了,她们若无其事坐在温暖的客厅里

向来者述说着海洋的秘密

进而,她们又会继续编织梦想

女巫般地策划下一个方案

将演绎的下一个浪漫惊险的故事

她们也会无聊、闲逛

为一件商品斤斤计较

为一部电影鼓掌叹息

晕一次爱情

让魂魄出窍

告别一次爱情

让灵魂重生

美服是她们喜爱的

美食也是她们喜爱的

心情像华尔兹舞曲

在光洁的舞场上

盘旋与飞驰

华灯熄了

她们安静下来

枕一个美好心情

枕一个意象纷呈

她们的舞台

比家大

比海宽

比路长

在梦里,她们一身戎装

容光焕发

等待着下一次出发

做凡尘中的仙人，仙人中的凡人。文字是我孤心之旅的魅惑，它传世的美丽与奢华是我终生的牵挂，那些来自灵魂的深美，飘絮若花见优雅的自己，柔韧如想象中的千岁兰，它的品性是我无尽的荣耀。

肖钢（摄影：肖全）

画画，让我学会了美的发现和美的构成；而摄影，又让我在人生行走的旅途中，有了奇妙的"第三只眼"。它开拓了我观看这个世界的视野，拥有了记录社会记录生活纪录感受最直接最快捷的一种表达方式。

每一次摄影的过程，都是一种独有的创作心境和磨砺。

每一张凝固的影像，都是一种独有的自我感受和观念。

田家（摄影：田太权）

图书在版编目（CIP）数据

青流伫船/肖钢文；田家图.—重庆：重庆出版社，2020.1

ISBN 978-7-229-14417-3

Ⅰ.①青… Ⅱ.①肖…②田… Ⅲ.①随笔－作品集－中国－当代②诗集－中国－当代 Ⅳ.①I217.2

中国版本图书馆 CIP 数据核字 (2019) 第 204442 号

青流伫船
QINGLIU ZHUCHUAN

文 /肖钢　图 /田家

责任编辑：曾海龙　杨　帆
责任校对：朱彦谚
书籍设计：邹雨初　杨　帆

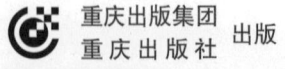

重庆出版集团
重庆出版社　出版

重庆市南岸区南滨路 162 号 1 幢　邮政编码：400061　http://www.cqph.com
重庆新金雅迪艺术印刷有限公司印制
重庆出版集团图书发行有限公司发行
E-MAIL:fxchu@cqph.com　邮购电话：023-61520646
全国新华书店经销

开本：889mm×1194mm　1/16　印张：10　字数：100 千
2020 年 1 月第 1 版　2020 年 1 月第 1 次印刷
ISBN 978-7-229-14417-3
定价：59.00 元

如有印装质量问题，请向本集团图书发行有限公司调换：023-61520678

版权所有　侵权必究